「わかってもらう必要があるね。
きみは、俺の許嫁なんだって」
中指と親指で乳頭を擦られると、徐々
に芯を持つのが自分でもわかる。
「や、ぁっ……んんっ」
――彼に、こんなに意地悪な一面があったなんて。

策士な許嫁に囲い込まれました

御厨 翠

Vanilla文庫 Miel

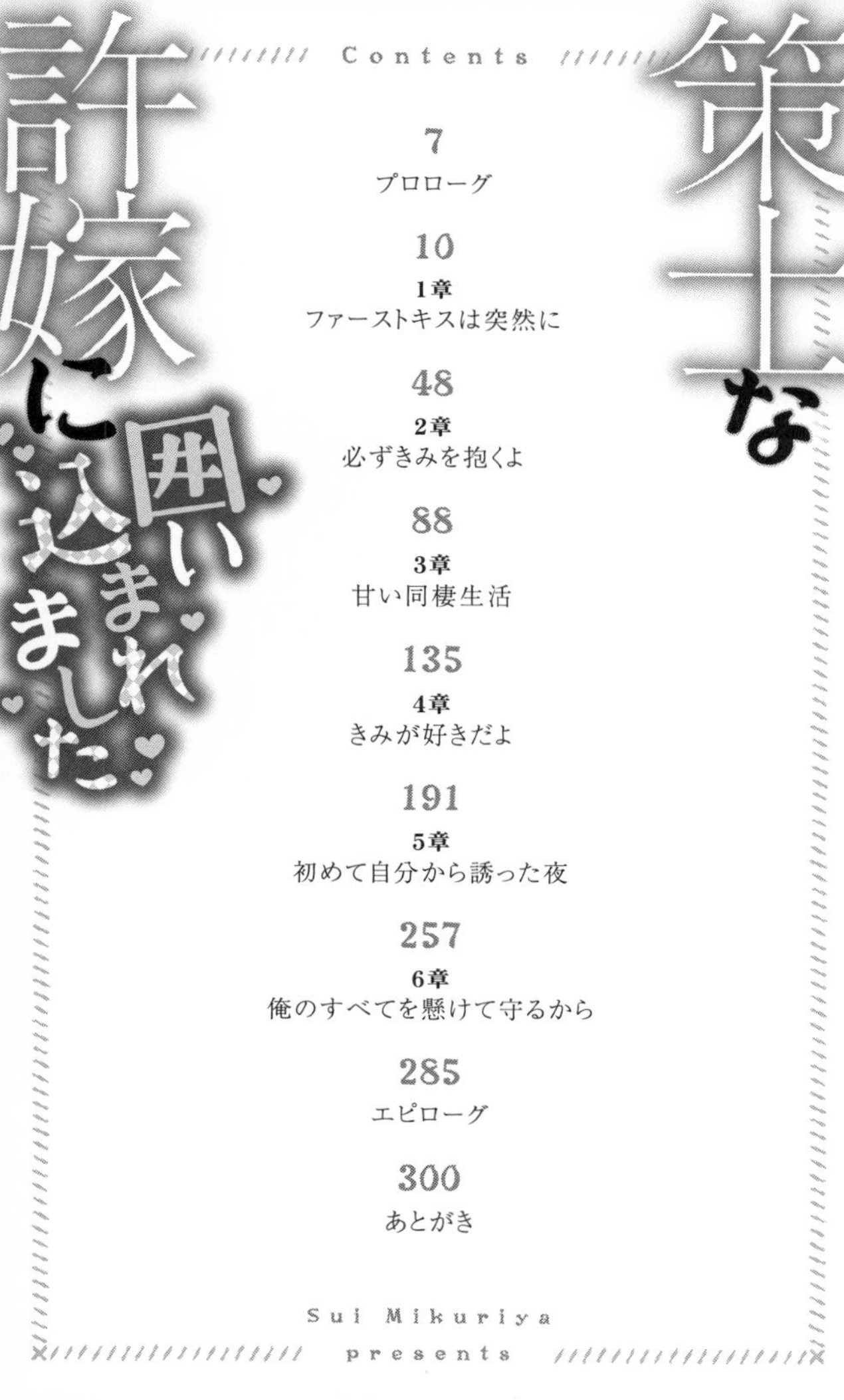

Contents

Sui Mikuriya
presents

イラスト／芦原モカ

プロローグ

その日。夏休みの初日を迎えた紗良は、ウキウキしながら自宅前の道路で周囲を見回していた。祖父の友人の孫が、夏休みの間に家庭教師をしてくれることになったのである。

虚弱体質で学校を休みがちだった紗良を心配し、祖父が差配してくれた家庭教師は、安積大翔という大学生の男の人だ。小学二年生の紗良の十二歳年上で、写真を見せてもらったところ、見たこともないような美形でドキドキした。

（そろそろ来るころかな）

兄妹もおらず、親しい友人もいない。身体が弱いため、夏休みも海やプールなどの場所へは連れて行ってもらえなかった。

そんな紗良にとって、家庭教師の来訪はちょっとしたイベントだ。勉強は嫌いじゃないし、この機会にしっかり学んでおきたい。年上の男の人だから少し緊張はあるものの、友人の作り方等も聞いておきたかった。

（……優しい人だといいな）

家庭教師を出迎えたいと母に言ったところ、家の前までならいいと承諾を得た。

紗良はひとりでの外出を禁止されている。理由のひとつは体調の異変を案じたため、もうひとつは祖父と父の仕事に関係していた。

母に持たされた帽子を被り、門前で行儀よく家庭教師を待つ。すると少しして、見覚えのない中年の男性が近づいてきた。

「お嬢ちゃんは、この家の子どもかい？」

「はい。一之瀬紗良です」

にこにこと答えた紗良だったが、次の瞬間、男に抱きかかえられた。

「ようやくひとりで出てきたな。家を張っていた甲斐があった」

（えっ⁉）

あまりにも突然のことで声すら出せずにいると、男は近くに停めてあった車の中に紗良を押し込もうとする。

「やっ……」

「騒ぐと命はないと思え」

男はバタフライナイフを取り出し、紗良の首筋にひたりと押し当てた。

大人の男に凄まれるだけでも恐ろしいのに、ナイフで脅されては抵抗など無理だった。

歯の根が噛み合わず、顔面は蒼白になり、全身がガタガタと震える。

「そのままおとなしくしていろよ」

紗良が抵抗しないことを確認し、男が車のドアを閉めようとした。そのときだった。

「何をしているんだ！」

鋭い怒声とともに、男の身体が背後に引き倒された。その拍子に弾かれたように車から飛び降りた紗良は、犯人を地面に押さえ込んでいる人物を見て息を詰める。

「紗良ちゃんだね？　怪我はない？」

「は……い」

「それならお家の人を呼んでくれるかな？」

犯人を取り押さえていたのは、安積大翔――今日から家庭教師に来てくれる男の人だった。紗良はまだ震える身体を無理やり動かし、急いで家の中に入って母親を呼ぶ。

――その後、犯人は警官に引き渡された。以前、父に逮捕された男の逆恨みによる犯行だった。

祖父や父母は揃って大翔に礼を言い、紗良も何度も礼を言った。彼は、「無事で何よりでした」と笑顔を見せて、「よく頑張ったね」と紗良を労わるように頭を撫でてくれた。

この日このときより、大翔は紗良にとって唯一無二のヒーローになったのである。

1章　ファーストキスは突然に

大学卒業を一カ月後に控えた二月中旬。自室のベッドに横たわり携帯を手に取った一之瀬紗良は、浮かない表情でため息をついた。

（大翔さんからは連絡なし、か）

彼――安積大翔と知り合って、かれこれ十四年になる。

小学二年生の夏休みに家庭教師をしてもらってから四年後、中学入学と同時に許嫁になった。安積家と一之瀬家、両家の祖父母の強い希望があってのことだ。

（うちの家族はみんな過保護なんだよね……）

八歳のときに誘拐未遂事件があり、事態を重く見た祖父が「これからも紗良を守ってやってくれ」と大翔に頼んだまではまだいい。しかし問題はそのあとだ。

なんと祖父は、大翔の祖母に話を通し、ふたりを許嫁にしてしまった。紗良が十二歳の誕生日を迎えたときのことである。

当時は幼かったこともあり、祖父や父母から『将来は大翔くんと結婚するんだよ』と言われてもいまいちピンとこなかった。まだ小学生で、結婚に対する具体的なイメージが持てなかったのだ。

けれど紗良は、それでもなんとなく嬉しかった。誘拐されそうになったところを助けてもらったときから、大翔は自分のヒーローだったから。

（でも、大翔さんには迷惑な話だったろうな）

出会ってから十四年、許嫁になってから十年経つ。その間、大翔への気持ちは憧れから恋に変化していた。だが彼にとっての紗良は、相変わらず子どもでしかない。

二年前まで未成年だったのだから、それもしかたのないことだ。同年代の女性に比べて童顔だったし、身長も百五十三センチと少々低い。幸い身体つきは凹凸があり女らしいものの、大翔に釣り合いが取れているとは思えない。

（わたしが大人だったら、少しは相手にしてもらえたのかな）

ここ数年、ずっと答えの出ない問いを考えている。本人に聞けばいいのだが、尋ねられない理由があった。

ふたたびため息をつき、携帯をサイドチェストに置こうとしたときである。メッセージを知らせる音が鳴り響いた。

（あ……）

画面を見れば、大翔からの返信が届いていた。バレンタインが近いため、チョコレートを渡したくて連絡したのだが、明日の昼なら時間が空いているという。

(明日はデートだ……！)

彼と許嫁になってから十年間、バレンタインには欠かさずチョコを手作りしていた。今年も渡せることを嬉しく思いながらも、浮かれている自分に苦笑する。デートだと思っているのは紗良だけで、相手にそんな気がないとわかっているからだ。

紗良は了解の旨を記したメッセージを送り、携帯をサイドチェストに置いた。

許嫁といっても、彼とはたまにメッセージのやり取りをする程度で、それ以外に特別な何かがあるわけではない。極々稀に、ふたりでランチデートをするだけである。

それもしかたのないことだと、半ば諦めていた。主な理由は三つ。ひとつは、紗良が普通よりも少し身体が弱かったこと。もうひとつは、彼との年齢差がひと回りあること。最後のひとつは、大翔の職業が影響している。

大翔は、国家公務員総合職試験に合格し、警視庁に採用された――いわゆるキャリア組と呼ばれる警察官である。順調にステップアップを重ねていき、現在は警視庁で警視正の役職に就いている。最短でキャリアを積んでいる彼は、ゆくゆくは警視総監も夢ではないと噂されているという。

警察官という職種か、真面目な性格か、はたまた年の差や紗良の体調を慮っているのか、あるいはそのすべてなのか、大翔は許嫁らしい会話や行動をいっさいしてこなかった。デートも食事をするのみだったし、手すらつないだことがない。それが少し寂しくもある。

（大翔さんは、しかたなく許嫁になってくれただけだもんね）

ふたりが許嫁になったのは、大翔の祖母と紗良の祖父が昵懇（じっこん）の仲だったことが大きい。そうでなければ、彼と出会うことはなかっただろう。

（大翔さんと会うのは、お正月ぶりだな……）

名ばかりの許嫁で複雑な思いはあるが、彼と会えるのは単純に嬉しい。紗良は浮き立つ気持ちを抑えられず、頬を緩ませながら眠りについた。


翌日。大翔は車で自宅まで迎えにきてくれた。

オフホワイトのファー付きコートに、スクエアボタンがアクセントの膝丈のスカートを合わせ、自室から玄関まで急いで向かうと、彼は祖父に捕まっていた。

「久しぶりだな、安積くん。正月以来じゃないか。紗良とは仲良くやっているか？」

「ご無沙汰いたしております。おかげさまで、順調にお付き合いさせていただいています。なかなかプライベートな時間が取れず申し訳ないのですが」

「いや、そこは気にせずとも構わんよ。紗良も、私や父親の姿を見て育っている。警察官の仕事がどういうものなのかわかっているだろう。だが、あの子も寂しそうだ。たまには構ってやってくれんか」

にこにこと笑う祖父に、紗良は慌てて声をかける。

「もうお祖父ちゃん！　大翔さんを困らせるようなこと言わないで」

「おお、紗良か。いやあ、久しぶりだったものだからつい話し込んでしまったよ」

鷹揚に答えた祖父だが、紗良は困ったものだと内心でため息をつく。

祖父の万次郎は元警視総監で、父の芳辰は現警視庁警視監を務めている。一之瀬家は代々警視庁の幹部を輩出しており、警察官の間でその名を知らぬ者はいないほど有名だ。

大翔にとっては、万次郎や芳辰は警察官としての先輩である。ただでさえ警察は縦社会で、万次郎は引退しているとはいえＯＢだ。『構ってやってくれ』と言われれば、真面目な彼の負担になってしまう。

「大丈夫だよ、紗良。俺はまったく困っていない。あまり会えていないのは本当のことだし、一之瀬翁に指摘されて当然だ」

懸念を打ち消すように告げられ、紗良は思わず彼に見惚れてしまう。

百八十センチの長身に、精悍で整った顔立ちも。何があっても動じない冷静さや、虚弱な紗良を気遣ってこうして家まで迎えにきてくれるところも。大翔の好きなところを挙げればきりがない。

「それじゃあ、行こうか」

「は、はい」

大翔は万次郎に挨拶をし、紗良をエスコートして家を出た。

外に駐車していた車の助手席のドアを開けてくれるのも、いつもの彼の行動だ。

紗良は彼といると、大事に扱われていると実感する。しかし最近それが虚しくもあった。女性として大切にされているわけではなく、あくまでも『一之瀬家の娘』として礼を尽くしてくれているのだとわかるから。

(だって、大翔さんは……一度も『好き』って言ってくれたことがない)

運転席に収まった彼を見つめながら考えていると、視線に気づいた大翔が首を傾げる。

「どうかした？」

「いえ……！　なんでもありません」

紗良は慌てて両手を左右に振った。思考に耽って彼を見すぎたようである。

知り合ってから十四年も経つのに、いつも彼と会うと見入ってしまう。深く艶のある声は聞いているだけでぞくぞくするし、視線が絡めば心臓が早鐘を打つ。誘拐されかけたところを助けられたときから、大翔は紗良の特別な人だ。

車をゆっくりと発進させたところで、彼はわずかに眉尻を下げた。

「申し訳ないけど、今日も二時間程度しか時間が取れなかったんだ。どこか行きたい場所があれば連れていくけど」

「そんな！　会えただけで充分です。大翔さんは忙しいのに、無理を言ってごめんなさい」

「謝るのは俺のほうだよ。これからは、もう少し連絡するようにするから」

ハンドルを操りながら、大翔が言う。

彼はもともとマメな人ではなかったし、メッセージも端的というか事務的である。寂しくないといえば嘘になるが、忙しい中時間を割いて会いにきてくれるだけで十分嬉しい。

そんなことを伝えると、大翔はふと苦笑めいた表情を浮かべた。

「紗良は欲がないな。俺の前でくらい我儘言ってもいいんだけどね」

（欲がないわけじゃないけど……それを言ったら、大翔さんが困るもの）

許嫁でありながら、大翔と紗良の間には、年の差以上の距離感がある。お互いに踏み込みすぎないように、一線を引いて接していた。それを〝節度〟というのか、〝他人行儀〟というのかは、自分の心境次第で変わるのだろうが。

「来月は卒業式だね。友達と何か予定は入ってる？」

つらつらと考えていると、大翔に問われる。紗良は小さく首を振った。

「友達は、家族や彼氏とお祝いするそうです。なので、みんなで卒業式前に集まってお祝いしようってことになりました」

「そうか。それなら、卒業式の当日は俺とお祝いしようか」

「えっ……」

「ディナーの予約をしておくよ。ご家族には俺から話しておくから」

大翔の申し出に驚いた紗良は、思わず目を丸くした。

今まで、そういった節目の行事――たとえば、中学や高校の卒業式でも、大翔から誘われたことがないからだ。

一応許嫁という立場だから、たまにデートをすることはあった。大学の合格祝いにふたりで食事をしたこともある。けれどそれは、たいてい彼の祖母の扶美子（ふみこ）が、大翔をせっついて実現したものだ。

そうしてようやくふたりで出かけても、必ず夕方までには家に帰されている。少しくらい遅くなっても大翔と一緒なら家族は心配しないのに、彼はそれでも紳士的に送り迎えしてくれたうえ、必ず祖父や父母に挨拶をしてから帰っていた。

にもかかわらず、今になってディナーに誘ってくるのはどうしてなのか。紗良は心の中で動揺する。

「……いいんですか？　お仕事がお忙しいんじゃ……」

「許嫁の大切な日だし、時間は作るよ。当日は大学まで迎えに行くから、そのあと食事しよう」

さり気なく告げられて、ドキリとする。珍しく誘われたこともそうだが、特別な日をお祝いしてくれようとする気持ちが嬉しい。

彼はこうして紗良の意識を何気なく奪うのが上手かった。だから、形ばかりの関係を今まで続けてしまっている。

運転する大翔の横顔を見ているうちに、やがて車は最近話題のカフェの駐車場に入った。瀟洒な建物の外観を見て、紗良はふたたび驚く。

「ここ、今人気のお店ですよね」

「そうらしいね。同僚がこの店に来たらしくて、話を聞いたら紗良が好きそうだと思ってね。連れてきたかったんだ」

「ありがとうございます……嬉しいです」

ちょっとしたことでも心が弾むのは、紗良が大翔に恋をしているから。許嫁だと言われたときは実感が湧かなかったが、今は違う。顔を合わせれば嬉しいし、話しかけられれば頬が緩む。けれど、そんな自分が最近悩ましくもある。

(いつからだろう。こんなふうに感じるようになったのは)

カフェは女性受けしそうな可愛らしい内装だった。SNS映えする商品があるようで、店内には専用の撮影ブースが設けられている。

大翔と一緒に店内に入ると、思いきり注目を浴びた。女性客の多い店内で、そのほとんどが彼に見惚れている。

(わたしは、妹だって思われてるんだろうな)

大翔との身長差は約三十センチ。加えて紗良は同年代の女性より童顔なこともあり、彼と一緒にいても交際相手だと思われたことはない。実際、大翔とふたりでいたときに知り合いと偶然会った場でも、『兄妹かと思った』と言われている。

兄妹に見られるのもショックだが、それ以上に彼に恥ずかしい思いをさせていないかが心配だった。

大翔と出かけるのは嬉しいけれど、常に不安がある。長い年月をかけて、許嫁としての自信がなくなっていた。

「紗良、何を頼む？」

席に着いて内心ため息をついたとき、大翔からメニューを差し出された。紗良は慌ててメニューに目を向け、気になった品を頼む。

ちらりと店内にある時計を見ると、家を出てから三十分程度経っていた。彼といられるのはあと一時間半。あまりゆっくりしている暇はなさそうだ。

（先に渡しちゃおうかな）

紗良は持っていたバッグから、今日の目的の品を取り出した。

「大翔さん、今年のバレンタインチョコです」

綺麗にラッピングした手作りチョコを差し出すと、大翔は「ありがとう」と受け取ってくれた。

彼と知り合った年から、バレンタインに手作りチョコを渡すのは毎年恒例になっている。初めて渡したときはお世辞にも上手とはいえない出来だったが、それでも嫌な顔をせず目の前で食べてくれた。紗良が大翔に想いを寄せるようになった出来事のひとつだ。

「紗良からチョコをもらうのは十三回目？　どんどん本格的なお菓子を作ってくれるようになったから、今年も楽しみにしていたんだ」

「そんなにたいそうな品ではないです。でも……大翔さんは、毎年すぐに食べて感想を言ってくれますよね。わたし、それが嬉しくて練習したんです」

「紗良が一生懸命作ってくれているのは伝わってきたからね。気持ちがこもった贈り物をもらえるのはありがたいよ」

穏やかに微笑みかけられ、鼓動が撥ねる。

（いちいち喜んじゃ駄目！　大翔さんは優しさで言ってるだけなんだから）

心の中で自分を戒め、平静を装って微笑んだ。

「大翔さんはチョコをたくさんもらっていそうですよね。職場の人にも人気だって、従妹から聞きました」

五つ年上の従妹・近藤由美子は、父や大翔と同じく警視庁に勤めている。彼女は一般職員で直接彼と関わりはないのだが、部署が違っても大翔の噂はよく耳にするという。抜群の容姿はもちろん、最短ルートで出世コースを歩んでいることもあり、かなりモテるのだと聞いていた。

「大翔さんなら、きっと学生のときから人気でしたよね」

「学生時代はともかく、さすがに庁舎でチョコのやり取りはしないよ。俺に許嫁がいるのはそれなりに知られているから、女性もそうそう寄ってこない。気になる？」

「……少しだけ」

「素直だね。でも、安心して。俺は、紗良以外の女性からプレゼントはもらわない」

大翔が静かに、だが、明瞭に、紗良の小さな嫉妬を潰す。こういうところが、彼のずるさだと思う。何も知らなければ、本心から言ってくれたのだと信じてしまうだろう。

（……大翔さんは、お祖母様やお祖父ちゃんの願いを聞いてくれているだけ。わたしが特別な存在なわけじゃない）

心の中で自分に言い聞かせた紗良は、以前たまたま聞いてしまった大翔の言葉を思い出す。

それは、ふたりが許嫁となって四か月後。中学に入学した紗良を祝うために、一之瀬家と安積家で食事会が開かれたときの出来事である。

ホテルのレストランの個室を貸しきって、皆がお祝いしてくれた。しかし、あらかた食事を終えると、大翔は中座してしばらく戻ってこなかった。

家族に断りを入れた紗良は、彼を捜しに中庭に出た。許嫁になってから彼とふたりで話したことはなく、ただ会話がしたかったのだ。

しかしそこで知ってしまった。幼い許嫁を、大翔が納得していないことを。

彼を捜して中庭を歩いていると、大翔の後ろ姿が見えた。声をかけようと近寄ったとき、電話をかけているのに気づく。

『え？　紗良ちゃんが俺を捜しに？　いや、見ていないけど』

会話の内容から、彼は扶美子と話しているようだった。

(お祖母様、心配して安積さんに知らせてくれたのかな)

気遣いをありがたく思いながら、大翔に声をかけようとしたときである。

『祖母さんの頼みだから許嫁になることを承知したけど、正直子どものお守りは勘弁してもらいたいね。俺はロリコンじゃないんだけど？』

うんざりした様子で語る彼の言葉に、紗良はその場から動けなくなった。

よくよく考えなくても、当たり前の話だ。大翔は警視庁のエリート街道を歩み、将来を嘱望されている。容姿も端麗なことから、寄ってくる女性もかなり多いに違いない。子どもの許嫁に望んでなるような立場にないのだ。

(それでも、頑張ればいつかは好きになってもらえるかもしれない)

紗良は、彼の本心を知っても腐らなかった。ショックは受けたが、自分が子どもなのは本当だから、少しでも大翔にふさわしい女性になれるよう努力することを決めたのだが。

（でも、効果はなかったな）

今は無理でも、いつか彼に好きになってもらえる女性になると決めた紗良は、体調に無理のない範囲で華道や茶道などの習い事にも挑戦し、学生のうちは勉強にも励んだ。おかげで試験では常に十位以内に入るくらいの成績を残している。

高校生のときは幼い見た目を少しでも変えたくて、彼と一緒にいるときはヒールの高い靴を履き、大人っぽく見える振る舞いを心掛けた。女性として好かれたい一心の行動だ。しかしいずれも、大翔の心には響いておらず、これまで一度として『好き』だと言われたことはない。

（やっぱり、わたしじゃ駄目なんだろうな）

彼の本心を知って十年。自分なりに努力してきたが、そろそろ引き際が迫っている。それでも決断できないのは、ひとえに紗良が彼を好きだから。たまに会って会話をし、微笑（ほほえ）みかけてもらえる時間を失いたくなかった。

（でも……いつまでも大翔さんを縛りつけておくわけにいかないよね）

このところずっと、〝彼との婚約をどうするべきか〟について考えを巡らせている。このまま自分が許嫁でいたとしても、大翔のためにならないのは重々承知のうえだ。

（卒業は、いい機会なんだろうけど……）

つらつらと考えていると、頼んだ品が運ばれてきた。

一緒にいるときの大翔は、飲食に時間がかかりそうなものを注文しない。飲み物は大抵コーヒーだ。今日も多分に漏れずコーヒーを頼んだ彼は、ふと紗良に目を向けた。

「さっきから無口だけど、どうかした？」

「い、いいえ！　ただ、もうすぐ卒業式なので……いろいろ考えてしまって」

紗良は視線を泳がせつつ、目の前に置かれたＳＮＳ映えしそうなケーキに口をつける。

本来ならこの時期は就職先を決めて、四月からの入社を待つのみだ。しかし紗良は、就職活動に失敗していた。

祖父や父からは、『就職はしなくていい』と言われている。いずれ大翔と結婚するのだから、就職せずとも花嫁修業すればいいというのが彼らの考えだ。大翔にも相談したのだが、『体調も心配だし無理する必要はない』と、祖父や父の考えに賛成している。

それでも『社会に出て働きたい』と彼らを説き伏せて就職活動をしたのに、大切な最終面接の前に発熱してしまったのが情けない。

「あまり今から気合いを入れていると、卒業式の日に熱を出すんじゃない？」

大翔は、紗良が卒業式を楽しみにしていると思ったようである。それも間違ってはいないが、考えていたのは卒業後の身の振り方であり、式自体のことではない。けれど、今はまだ話す勇気が持てない。

（……卒業式の日までに決めないと）

紗良は自分に言い聞かせるように、心の中で呟いた。

＊

同日。紗良を一之瀬邸まで送り届けた大翔は、その足で祖母の扶美子の屋敷へ向かった。昨日連絡があり、ひとりで来るよう呼び出されたのである。

現在扶美子は、祖父・忠勝の死後、都内の閑静な住宅街にある一軒家でひとり暮らしをしている。忠勝はノンキャリアながら警視庁の警視正まで上り詰め、当時の捜査一課では検挙率ナンバーワンを誇った。数々の大捕り物は、いまだ伝説として語り継がれている。

大翔の父は警察官ではなく別の道を歩んでいるが、祖父に憧れていた大翔は警官になることに迷いはなかった。ただ祖父と唯一違うのは、大翔がキャリア組として警視庁に入庁したことである。

警察官において、キャリアとノンキャリアでは天地ほどの差があると大翔は思っている。キャリアとは、簡単に言えば幹部候補の人間だ。採用されるのは、毎年十五人前後の狭き門で、ノンキャリアとは採用されたときから立場が違う。ノンキャリアの階級が巡査から始まるのに対し、キャリアは警部補からスタートする。

警察官の階級制度は、完全なピラミッド構造だ。巡査、巡査部長、警部補、警部、警視、警視正――と昇級があるが、ノンキャリアは最初の階級が低く、また、警視正以上の階級に上がるのが難しい。

有能なノンキャリアでも、上司が無能なキャリアだったという悲劇も当然起こり得る。忠勝がまさにそうだった。

だから大翔は、ステップアップ(昇級)に関しては、人一倍野心がある。最短コースで警視総監まで上り詰めることが、警察官になって以来一貫した目的である。この世界においては、何をするにも階級がものを言うからだ。

「それで、今日はなんの用です?」

扶美子の家のリビングに入ると、開口一番で大翔が問う。祖母は上品に笑い、「決まっているでしょう」と、大翔にソファを勧めた。

「紗良ちゃんのことよ。あの子ももう大学を卒業するのだし、ちょうど節目だわ。あなた、ちゃんとこの先のことを考えているの?」

「もちろん考えてますよ。俺ももういい年ですしね」

生前の忠勝と紗良の祖父である万次郎が懇意にしていたため、扶美子も一之瀬家とはつながりが深い。大翔を紗良の許嫁にしたのも、そういった縁からだ。

加えて、祖母自身が紗良をとても気に入っている。時間を見つけてはひとり暮らしの扶美子を気遣い訪ねてきてくれるらしく、そういう優しさが嬉しいようだ。

「だいたい、俺と紗良を許嫁にしたのはあなたたちでしょう。さすがに十年前に許嫁だと言われたときは、正気を疑いましたよ」

十年前、紗良はまだ十二歳。中学に入学する前の子どもだった。大翔はちょうどひと回り離れているため、当時二十四歳。いくら祖母らの希望とはいえ、反発心がなかったわけではない。

警察官になるには、まず採用後に警察学校で学ぶ。大翔の場合は大卒だったため、半年間警察学校の初任科で学んだのちに、警察署で三カ月程度の実習、ふたたび警察学校の初任補習科で二カ月学んだ。その間寮生活を送り、自由時間などほとんどなかった。

採用されてからは最短でも十五カ月の期間を要し、ようやく警察官としてスタートできる。さらに大翔はキャリア組だったため、警察大学校で四カ月ほど学んでいた。警察官一年目は研修が主な仕事だった。

許嫁の話が出たのは、捜査一課の警部補として仕事に就いて少ししたころだ。休日に扶美子に呼ばれてこの屋敷を訪れたところ、紗良の許嫁になれと告げられたのである。

（あのときは驚きよりも呆（あき）れていたな）

十年前の出来事を思い返していると、扶美子が朗らかに微笑んだ。

「一之瀬さんのご家族とは知らない仲ではないし、結果的によかったでしょう？　紗良ちゃんは本当に素敵な女性に育って……大翔にはもったいないくらいだわ」

「紗良がいい子なのは、俺が一番よく知っていますよ」

したり顔の祖母に、大翔はため息混じりに答えた。

警察官の結婚は、一般人のそれよりも厄介だ。異性と交際する場合、相手だけではなく家族の名前や職場などを報告しなければならない。また、過去に犯罪歴がないかについても調べられる。結婚するとなると、調査は三親等内にまで及ぶ。

そういう意味では、紗良は理想的な相手ではある。警視総監を輩出している家柄で、現役の警察官を父に持っている。許嫁としてこれ以上ないほど身元が保証されている。

それに一之瀬家と縁続きになれば、警察官としてステップアップしやすい。なぜなら、警視正より上の階級――警視長（けいしちょう）、警視監は、それまでの実績と選考で昇進できるか否かが決定する。警視監は定員数が決まっており、上に行くほどに狭き門だ。

紗良の父・芳辰は警視庁警視監で、現在もっとも警視総監に近い人物と目されている。彼女と許嫁関係にあるのは、自分の昇進に優位に働くという思惑がまったくなかったといえば嘘になる。

紗良の許嫁になったことが周知された当時、庁舎ではちょっとした噂になった。口さがない連中からは、『安積は昇進のために一之瀬家に取り入った』などと言われたこともある。

むろん、そういった輩のやっかみに耳を貸すほど人は好くない。それに噂が的を射ている部分もあった。だが。

（……紗良は、俺の思惑なんて関係なく好きになってくれた）

ポケットに入れていたバレンタインチョコの箱に触れた大翔は、心が和むのを感じて頬を緩める。今年は店内で受け取ったためその場で食べられなかったが、あとで感想を伝えるつもりだった。

年の離れた許嫁は、バレンタインには毎年律儀にチョコを手作りしてくれていたし、誕生日にも手作りの品を贈ってくれた。大翔の誕生日が十一月という時期だったことから、手袋やマフラー、セーター等、年々凝ったものをプレゼントしてくれるようになった。

年を追うごとに紗良の腕前は上達していき、まるで成長を見守るような気持ちがして微笑ましかった。

この十年、そう頻繁に会っていたわけではないものの、折に触れ交流してきた。もっともそれは許嫁というよりも、年の離れた妹と接している感が大きかったのだが、あるときを境に認識が変わった。

『わたしのことは妹だって言ってもらって構いません。高校生が許嫁だって知られたら恥ずかしいと思うので』

紗良が高校に入学して間もなくに言われた言葉だ。このとき大翔は、ひそかに感心した。まだ学生の身でありながらこちらに気遣いを見せる姿に、大人になったものだとどこか嬉しかった。

大翔の気持ちが明確に変化したのは、紗良が高校を卒業する年のことだ。

志望する大学に合格した彼女を祝うため、ふたりで食事をすることにした。そのとき、彼女の口から出たのは予想外の言葉だった。

『好きな人ができたら遠慮なく言ってくださいね。わたしから祖父たちに言って許嫁関係を解消してもらいます』

そう告げる紗良の凛とした表情に、思わず見惚れた。

彼女が自分に好意を持っているのは感じていたから、てっきり結婚に乗り気なのだとばかり思っていた。しかし紗良は、大翔の立場や気持ちを慮り、自分の想いを押しつける真似はしなかった。

もともと好感を持っていたが、彼女の芯の強さと健気さを知ったことで、ひとりの女性として見るようになったのである。

「紗良ちゃん、最近ますます可愛いらしくなったわよね」

扶美子の言葉で、過去から意識を引き戻される。大翔は頷くと、先ほど会ったばかりの彼女の姿を脳裏に浮かべた。

もともと童顔なせいで幼い印象を受けるが、紗良は他人を気遣える優しい女性だ。手作りのチョコも、持ち運びしやすいようにポケットに収まる大きさにしてくれている。

「ふふ、バレンタインだからって、私にもお菓子を届けてくれたのよ。こんなおばあちゃんの話し相手にもなってくれて。本当の孫よりも可愛いわ」

「それは否定しませんよ」

紗良は性格はもちろんだが、見た目も可愛らしい。普段ストイックな生活を送っている大翔にとって、会うたびに大人になっていく彼女は眩しかった。これまで何度手を出そうと思ったかしれない。それでも手すらつながなかったのは、警察官という立場と、紗良を大事にしたい気持ちがあったから。

それに、彼女が幼いころに虚弱だったことも影響している。

大翔は、掌中の珠を愛でるように紗良を守ってきた。だが、欲がないわけではない。一度触れれば今まで我慢してきた分、箍が外れるだろう自覚もある。

（あと少しだ。紗良が卒業したら、正式にプロポーズする）

まだ紗良が学生のうちは性的なことはいっさいせず、卒業と同時に結婚する。それは、彼女が大学に入学したときに決意した大翔のけじめである。だからそれまでは、自分の欲をひた隠し、紳士的に接してきた。

「もう少しすれば、紗良は身内になりますよ」

あえてはっきりとしたことを告げず婉曲に伝えたのは、想いを伝える最初の相手は紗良だと決めているからだ。祖母もそれを感じ取ったのか、「報告を待っているわ」と笑みを浮かべた。

「大翔が警察官礼服を身に着けて、紗良ちゃんと結婚式を挙げる日をずっと夢見ていたのよ。お祖父さんの礼服姿もそれはそれは素敵でねえ」

「その話はもう何度も聞いています」

「あら、紗良ちゃんは何度でも喜んで聞いてくれるのに」

不満そうに眉を寄せる扶美子に肩を竦(すく)めて答えた大翔は、棚に飾ってある祖父母の結婚写真に目を向ける。

身内のひいき目を抜きにしても、祖父は警察官として立派な人物だった。ノンキャリアだったため警視正より上には昇進できなかったが、祖父の残した功績は共に働いた警官の記憶に残っている。

現在大翔は、生前の祖父と同じ階級になった。祖父が警視正になったのが五十五歳のころだったから、いかにキャリアとノンキャリアの昇進速度に差があるのかがわかる。

(もし生きていたら、今の俺を見てなんて言うんだろうな)

聞いてみたくても、もうそれは叶(かな)わない。大翔はわずかに過(よ)ぎった感傷に蓋をして、一カ月後のプロポーズに思いを馳(は)せるのだった。

*

三月。卒業式をあと二週間後に控え、紗良は従妹の由美子と会うため都内のカフェに赴いた。紗良が店に入ると、先に来ていた由美子が軽く手を振ってくる。

「由美ちゃん、久しぶり」

「わたしの結婚式来だっけ。元気にしてる？」

にこにこと笑いながら問うてくる従妹に頷く。

由美子は去年の秋口に、学生時代から付き合っていた恋人と結婚した。彼女の結婚式には祖父や父母、そして、紗良の許嫁である大翔も出席している。警察関係者がやたらと多く、自分も大翔と結婚する場合は、警察官が多く招かれるのだろうと想像できた式だった。

約半年ぶりの再会を喜び合うと、紗良は自然と微笑んだ。由美子がとても幸せそうで嬉しかったからだ。

「由美ちゃんが幸せそうでよかった。なんかキラキラして見える」

「何言ってんの。紗良だって、安積さんとそのうち結婚するんでしょ？」

「……わからない、かな」

つい口にすると、由美子が目を丸くした。

「何かあったの？」

「そういうわけじゃないよ。でも、大翔さんが許嫁になってくれたのは、お祖父ちゃんや安積のお祖母様に望まれたからで……大翔さんが望んでいるわけじゃないから」

「紗良……」

「ごめん、由美ちゃん。変な話しちゃった。今日はその話をしにきたんじゃないのに」

あえて明るく告げると、紗良は話題を変えた。由美子と今日会ったのは、久しぶりに顔が見たかったのと、頼みごとをしていたからである。

就職が決まらなかったため、せめてアルバイトをしようとバイト先を彼女に相談していた。昔から妹のように可愛がってくれていた由美子は、ふたつ返事で了承してくれている。

「一応、紗良の条件に合いそうなバイト先を二、三あたってみたけど、そのうちの一件でちょうどバイト募集してたよ。形だけの面接をすればすぐに働けると思う」

「本当？　ありがとう！」

希望していた時間帯のアルバイトに就くことができそうで、ほっと胸を撫で下ろす。

幼いころに誘拐未遂事件があったことや、身体が弱かったこともあって、家族は紗良に対して過保護になっていた。

しかし紗良は、昔よりも体調を崩す頻度は少なくなっている。無理さえしなければ、倒れるようなことはない。

急にフルタイムで働くのは反対されるだろうが、短時間なら説得できると踏んだ。大学卒業を機に、少しでも自立したいと思っている。――もう守ってもらわなくても、ひとりで大丈夫だと家族や大翔に示すために。

「でも、家族にはこれから言うんでしょ？　賛成してもらえそう？」

「うん。納得してもらえるまで説得するつもり。今までは学生だったから甘えもあったし勉強優先だったけど、これからはしっかり自立しないと」

「そっか。わたしは紗良を応援してるからね。なんでも相談して」

由美子の言葉は心強かった。五歳年上のこの従妹は、百七十センチの高身長でスタイルもよく、性格もさっぱりとしている。紗良の憧れだ。こういう女性なら大翔に釣り合いが取れるのに、と何度も思っている。

「そういえば安積さんには相談したの？」

「ううん、まだ。機会を見て言うつもり。卒業祝いをしてくれることになっているから、そのときに伝えてもいいかなって」

彼の顔を思い浮かべながら説明すると、由美子が微笑ましそうな顔をした。

「安積さんは、紗良を大事にしてると思うよ」

「え……？」

「わたしはほとんど関わりがないけど、あの人超エリートだしあの容姿だし、正直すごいモテるよ。でも、告白されても『許嫁がいるから』って断ってるんだって。それに……いくらお祖母さんに頼まれたからって、十年も許嫁でいてくれないんじゃない？」

大翔は最短で昇進していることから、やっかみの声も少なくないという。そこへきて、次期警視総監にもっとも近い芳辰のひとり娘と許嫁関係である。心無い人からは、『安積の出世は実力じゃない』などと陰で噂されることもあると由美子は語る。

「それって、大翔さんは正当に評価されてないってこと？」

思わず眉をひそめた紗良に、由美子が「ごく一部の人が言ってるだけだけどね」とフォローしてくれたが、ショックは隠せなかった。

（大翔さんは、何も言わないから……）

これでは釣り合いが取れていないどころか、彼の足を引っ張っている。事実を突きつけられた紗良は、考え込むように目を伏せる。

このままでいいのかとずっと迷っていた。自分は大翔に想いを寄せているが、彼はそうじゃない。それなのに、許嫁関係を続けていていいのだろうか。今まで知らなかっただけで、これまでも大翔は自分のせいで嫌な思いをしてきたのではないか——。

一度心に投げかけられた波紋は、どんどん大きく広がっていく。それを打ち消す自信は紗良になかった。もとより形ばかりの許嫁に、自信などあるはずがない。

「よけいなこと言っちゃったけど、気にすることはないからね。あんたを受け入れているのは安積さんなんだし、やっかまれるのは想定内でしょ」

励ますように言われて曖昧に頷くも、簡単に割りきることはできなかった。

彼に望まれて許嫁になったのならば、由美子の発言に安心できたかもしれない。しかし現状で、大翔と紗良の間あるのは許嫁という『形式』だけ。それ以外にあるのは、自分の一方的な好意のみだ。

（大翔さんは、好きな人なんてできないって言ってくれたけど……）

それは、紗良が高校を卒業する年のこと。

『好きな人ができたら遠慮なく言ってくださいね。わたしから祖父たちに言って許嫁を解消してもらいます』と彼に告げたことがあった。

『ロリコンじゃない』という言葉を聞いたときから、自分が大翔の恋愛対象に入るのは難しいのはわかっていた。だから好きになってもらえるように頑張ったのだが、もしも大翔に好きな女性ができたとしたら、潔く身を引くべきだと考えたのだ。

しかし大翔は、『きみがいるのに好きな人なんてできるはずがない』と、優しく頭を撫でてくれた。

あのときは、単純に嬉しかった。大翔に、許嫁だと認めてもらえた気がしたから。

でも、そうじゃない。彼は紗良を『好き』なのではなく、『許嫁がいるから好きな人を作らない』のだと今はわかる。

（引き際、なんだろうな）

十年間女性として見てもらえなかったのだから、この先も望みは薄い。自分のせいで彼の仕事に支障をきたしているのなら――やはりこの関係は終わらせるべきだ。

紗良はこの日、ようやく迷いを振り切って、片思いに終止符を打つ決意をした。


三月中旬。大学で卒業式が執り行われたのは、桜の蕾（つぼみ）が膨らみ始めたころだった。

学部の友人たちと別れの挨拶を済ませると、羽織袴（はおりばかま）の卒業生たちが屯（たむろ）す大学の敷地をあとにする。

ほかの卒業生と同じように、紗良もまた羽織袴に身を包んでいた。選んだのは振袖袴で、赤地に牡丹（ぼたん）柄が描かれた華やかなものだ。袴は濃紺を選び、草履ではなくブーツを履いている。普段めったにしない格好で心は弾んだが、それも大学の門を潜るまでだった。

四月から新社会人となる友人たちとは違い、紗良はフリーターだ。ひとたび大学の門外に出れば学生ではなくなる心細さは、今まで経験したことのない感情だった。

（……由美ちゃんに相談しておいてよかった）

従妹が紹介してくれたアルバイト先は、家の最寄り駅近くにある書店だった。すでに面接を済ませ、四月から週三日で勤務することが決まっている。先方は、紗良の身体が丈夫でないのも理解したうえで雇ってくれた。

アルバイトのことを祖父や父母に伝えたところ、最初は反対された。しかし粘り強く

『自立をしたい』と説得し、最終的に納得してくれている。

(あと残っている大仕事は……ひとつだけ)

紗良が大学の正門を出ると、少し離れた場所に高級車が停車していた。車体に寄りかかるようにして立っているのは、誰もが見惚れる端整な男性。

「卒業おめでとう、紗良」

「ありがとうございます。……大翔さん」

約束どおり迎えに来てくれたのは、大好きな許嫁だ。流れるようなしぐさで助手席のドアを開けてくれた彼に礼を言って車に乗り込むと、小さく息をつく。

今日は、紗良にとって門出(かどで)の日だ。学生生活を終える人生でも大きな節目に、大翔に会えてよかったと思う。

(全部覚えておこう。これから先も、思い出せるように)

運転席に座った大翔は、静かに車を発進させた。彼と会うのはバレンタイン以来で、その間は主にメールでのやり取りと、たまに電話で話す程度だった。実際に顔を見るのは久しぶりで、つい頬が緩みそうになる。

(やっぱりいつ見てもカッコイイな)

隙のないスーツ姿も涼やかな表情も、紗良の胸をときめかせる。彼の佇(たたず)まいは、大人の色気と余裕を感じさせ、いつも鼓動が高鳴ってしまう。

誘拐されそうになったところを助けられたときから、大翔は特別な人だ。憧れが恋に変わり、何年もずっと彼だけを見てきた。

(でも、今日でそれも終わりなんだ)

卒業を機に、大翔に許嫁関係の解消を申し出る。何度も心が揺れたが、ようやく決意するに至った。

正直、彼に好きになってもらえなかったのは残念だし哀しい。けれど、大翔が自分のせいでいわれのない陰口をたたかれるのは嫌だ。それに、これほど素敵な男性なのだ。自分よりももっとふさわしい女性がいる。

(大丈夫。ちゃんとお別れを言える)

自分自身に何度も念じていると、車は外資系のラグジュアリーホテルの地下駐車場へ吸い込まれていった。

食事をするとは聞いていたが、場所は聞いていなかった。いつもふたりでランチをするときは路面店が多かったため戸惑ってしまう。

しかし、〝ホテル〟という場所を意識しているのは紗良だけのようだ。彼は特段変わった様子もなく車を停めると、優雅にエスコートしてくれる。

「レストランは個室を予約してある。誰にも邪魔されずに、ふたりでお祝いできるよ」

「……ありがとうございます」

人目を気にしない個室なのはありがたかった。これから込み入った話をしようというときに、衆人環視の場では彼に恥をかかせかねない。

　レストランに到着し、個室に案内されると緊張が増した。彼とふたりでいるときは自然と笑顔になり、大翔に意識が集中する。でも今日は、心に秘めた決意があるために表情は硬く、食事が運ばれてきても気もそぞろだった。

「今日の紗良は無口だね。卒業して感傷的になってる？」

「そうかもしれません……」

　さすがに変に思われたようで、大翔に問いかけられる。しかし彼の指摘は、半分当たっているが半分は外れている。学生時代が終わりを告げた感傷はあるものの、今から彼に別れを告げることへの緊張と懊悩のほうが強かった。

「そういえば、わたし……四月からアルバイトをすることになったんです」

　紗良は不自然にならないよう笑顔を浮かべ、話題を変えた。話の内容が意外だったのか、大翔が瞠目する。

「アルバイトって……ご両親は承知してる？」

「もちろんです。最初は反対されましたけど、最終的にわかってもらえました。……卒業を機に、自立したいんです。家族に守ってもらうばかりでは、この先いつまでも甘えてしまうと思うので」

決然と語った紗良に、大翔は秀麗な顔に複雑な表情を浮かべた。

「自立をしたいという気持ちはいいと思うよ。でも俺は、素直に喜べない。心配する気持ちのほうが大きい」

大翔は、最初にアルバイトの話をしたときの家族と同じ反応を見せた。

祖父や父母と同じくらい大切に想ってくれているのは嬉しい。けれど、同じくらい切なくなった。彼にとって、自分はいつまでも〝子ども〟なのだと改めて思い知らされる。

「心配してくれているのは本当にありがたいです。でも、もう決めたことなんです。わたしはもう、大翔さんと出会ったときの子どもじゃない。成人もしている大人なので……この先は、しっかり自分の足で立っていきたいと思っています」

「……うん、そうか。俺も小さいときからきみを見てきた分、少し過保護になっていたみたいだ。わかった。紗良のことを応援するよ。けど、無理はしないこと」

大翔は心配性だが、話せば賛成してくれるのはわかっていた。紗良を尊重し、大事に扱ってくれている。こんなに素敵な人を、自分のせいで縛りつけていたことを申し訳なく感じる。

「わたしが自立しようと思えたのは、大翔さんのおかげです」

そこで紗良は、大翔と正面から視線を合わせた。彼の前にいるといつもドキドキする。

まるで全身が、大翔が好きだと叫んでいるかのように心臓の音が鳴り響く。だが、そんな状態でいるのは自分だけ。彼は、紗良を異性として見ていない。

話しているうちに、料理はあらかた食べ終えていた。会話の流れも、心に秘めた思いを打ち明けるにふさわしい。

紗良は震えそうになる唇を噛みしめると、膝の上で両手を握った。

「今日は大翔さんに、もうひとつお話ししたいことがあるんです」

「どうしたの？　改まって」

何かを察したのか、大翔の目が細められる。心の奥を探るかのような視線に緊張しつつ、今日ここに来るまでに何度も反芻した言葉を口にした。

「本日限りで許嫁を解消してください。家族にはわたしの気持ちは伝えてあります」

「な……」

紗良の言葉に、さすがの大翔も驚いたようだった。いつも冷静なはずの彼は、一瞬言葉を失って紗良を凝視する。

しばらく互いに見つめ合う。ほんの数十秒の間だったが、数時間に感じるほど重苦しい空気だ。つい視線を逸らしかけたとき、ようやく彼が口を開く。

「簡単に承諾はできない。理由を聞いても？」

「……大翔さんと結婚するのは無理だと思いました。わたしの我儘です」

本当は、そんなことは思っていない。けれど紗良は、あくまでも自分が望んで許嫁を解消するのだと伝えた。そうじゃなければ、優しい彼は納得しないだろうから。

「今までありがとうございました。大翔さんの許嫁でいられて幸せでした」

席を立った紗良は丁寧に頭を下げると、ドアに手をかける。

(これでいいんだ。わたしが許嫁じゃなければ、大翔さんが職場で変な噂を立てられることはないし……もう、煩わせずに済む)

最後まで世話になりっ放しで何も返せないのが心苦しいけれど、許嫁を解消すれば大翔はもう自由だ。それが唯一、最後に彼にしてあげられることだった。

つらい気持ちを押し隠し、ドアを開こうとする。しかし、背後から伸びてきた手にそれを阻まれた。

「言いたいことだけ言って帰るつもり？　ずいぶんと薄情だな」

いつもよりも低い声が投げかけられたかと思うと、肩を摑まれた。身体を反転させられた紗良は壁を背負い、困惑して彼を見上げる。

「大翔、さん……？」

「こういうことをするために個室を選んだわけじゃないんだけどね。逃げられそうだからしかたない」

今までに見たことがないような色気を醸し出して微笑んだ大翔は、紗良の両手を壁に押しつけた。さほど力はこめられていないが、紗良の動きを封じるに十分な拘束だ。

あまりにも突然のことで思考が追いつかない。その間にどんどん彼の顔が近づき、吐息の交わる距離になった。

「許嫁は解消しない。……絶対にね」

「んっ、ぅ……っ」

宣言とともに口づけられ、紗良は混乱を極めた。

今まで手すらつながなかったというのに、大翔にキスをされている。

なぜ、どうして、と疑問がいくつも脳内に浮かぶも、すぐさま霧散した。彼の舌先が、強引に口腔(こうこう)へ侵入してきたからだ。

「っ、んんん！」

唇を重ねているだけでも心臓が破裂しそうなほど高鳴っていたところに、追い打ちをかけるように舌を差し入れられれば意識のすべてが大翔に集中する。初めてのキスにしては淫らで生々しく、成す術もなく受け入れるしかできない。

（大翔さん、どうしてこんなこと……）

かつて、『ロリコンじゃない』と言うほどに、大翔は紗良を子どもとしてしか見ていない。今まで家族と同様に過保護に接し、性的な匂いをいっさい感じさせなかった。

それが今、彼は紗良の唇を貪っている。

粘膜を撫で、舌同士を擦り合わせ、唾液を啜(すす)られる。そうされると、なぜだか手足の力が失せていき、意識が朦朧としてしまう。

「紗良？　顔が蕩けてる」

「え……」

「俺に抵抗するどころか気持ちいいって顔だ。許嫁を解消しようとしている態度じゃない」

キスを解いたとたんに指摘され、頬が熱く火照る。

もっと嫌がらないといけなかったのに、口づけを受け入れてしまっていた。初めてのキスを大翔と経験できた嬉しさが勝り、理性が働かなかったのだ。

「俺と結婚できないと思ったならそれでもいいけど、許嫁は解消しない。結婚したいと思わせればいいだけだしね」

「どう、して……」

混乱して意味のない呟きを漏らす紗良に、大翔は不敵な笑みを浮かべた。

「とりあえずご家族に説明しに行こうか。まずは、許嫁解消の話を撤回しないと」

（この人は、誰……？）

これまでの紳士的な態度が嘘のように、独善的な大翔の姿に戸惑ってしまう。

紗良は訳がわからないまま、自分を見下ろす男を見つめるしかできなかった。

2章　必ずきみを抱くよ

東京霞が関に位置する警視庁本部は、一見なんの変哲もない無機質な建物だが、その性質上内部はひどく複雑な構造になっている。

大翔の階級は警視正。そして本部の参事官という役職に就いている。参事官は、各部署を取りまとめ、監督指揮できる立場だ。また、企画立案に参画する権利もあるため、永田町との関わりも多い。通常の警視正よりも多くの権限を持っている。

「参事官、ちょっとよろしいですか」

正面玄関のホールを出ようとしていたとき、刑事部捜査第二課の課長・山本に声をかけられた。大翔よりも四歳年上で、主に横領や贈収賄など、金がらみの事件を扱う二課のエースである。大翔とは大学の先輩後輩にあたり、プライベートでも付き合いのある男だ。

しかし庁内では、事務的なやり取りのみしかしないのが暗黙の了解だ。互いの立場上、親しくしていると周囲の目が何かとうるさい。

大翔はすぐに何かあることを察し、無言で頷いた。

目で促して玄関を出ると、日比谷公園に向かって歩き出す。ちょうど昼時のためどこかの店に入ってもよかったが、庁舎内の食堂は人目があることに加えてかなりの混雑が予想されたし、この辺りには密談できるような店がまずない。

「何か厄介ごとがあったんですか？」

何気ない口調で問いかけると、山本は細い糸目を険しくさせた。

「うちが今扱っている〝サンズイ〟の捜査が、とある議員の妨害に遭っています」

〝サンズイ〟とは、汚職事件の隠語である。二課が進めている捜査のうち、山本が担当しているのは政治家の贈収賄事件だ。事件の性質から二課の捜査期間は一年以上になることもあり、地道な作業を求められる専門性の高い部署といえる。

山本は、某議員が捜査に圧力をかけていると語った。要するに、警察官僚上がりの政治家から圧力がかけられたのだ。

「……里中議員、ですか？」

確信に近い予想を口にした大翔に、山本が首を縦に動かす。

件の議員は、警視長――大翔のひとつ上の階級の男・小松と同じ大学の出身だ。里中は、二課の動きを嗅ぎつけて警視長を通じて圧力をかけてきたというわけだ。

国の行政機関であり、社会の秩序と安全を維持する警察といえど、常に政治が絡んでくる。階級が上がれば上がるほどにしがらみが強くなるのは、どの組織も変わらない。

「わかりました。その件はこちらで動いてみます。二課は引き続き捜査にあたってください。何か進展があれば私から連絡します」

大翔の言葉に、山本が「ありがとうございます」とようやく笑みを見せた。

「この件、一之瀬警視監に報告しますか？」

「里中は議員の中でもまだ中堅です。警視監の耳に入れることではないでしょう」

警視監は、警視長のひとつ上の階級だ。その上は警視総監——警視庁のトップの座がある。紗良の父親は警視監を務めているため、もしも手に余る〝政治的〟案件であれば判断を仰ぐ必要があるが、今回の件は独断で動けると判断した。

「恩にきます、参事官。あなたの言葉で自信を持って捜査に臨める」

礼を告げられた大翔は、「大げさです」と応じる。

自分の立場は、警視庁内の政治にも深く関わる。階級が上がった以上は、統括する部署が潤滑に動くために骨を折るのも仕事の内だ。

山本は付き合いの長い大翔をよく理解しているのか、それ以上の賛辞は控えた。その代わりに私的な表情と口調で「ここから先は仕事抜きの話だ」と笑う。

「それでおまえ、いつ一之瀬警視監の娘と結婚するんだ？　庁内でも噂だぞ。許嫁だと知られてから五年経つし、もうそろそろなんじゃないかって」

山本は純粋に友人として興味があるようである。大翔も庁内の噂は把握していたが、いちいち取り合わずに放置していた。

一之瀬家と縁を結ぶことに打算がないわけではないが、損得よりも紗良を大事に思う気持ちが強い。

まっすぐな好意を向けてくれる彼女が愛しくて、早く手に入れたかった。しかし他人にわざわざ伝える必要はないし、理解されなくても構わない。

「噂についてはどうでもいいですが、彼女の大学卒業を機にプロポーズしようと思っていました。ですが、その間にアクシデントがあったので、結婚はもう少し先になります」

「まさかおまえ、フラれたのか？」

さすがは警官というべきか、山本は鼻が利く。大翔は「フラれていません」と渋面を作り、「彼女が結婚に少々及び腰なだけです」と友人の推論を否定する。

紗良に好意を持たれている自覚はある。それは大翔の自惚れではなく、彼女と過ごした時間で得た確信だ。

昔から会えば嬉しそうに笑い、全身で〝好きだ〟と伝えてくる少女だった。ここ数年で大翔への気遣いを見せるようになり、大人になったものだと感心し、健気な姿を愛しく思った。最初は気乗りしなかった関係だが、むしろ今では自分が彼女との結婚を望んでいる。

（それなのに、どうして結婚できないなんて言ったんだ？）

許嫁になって十年。紗良の大学卒業は、結婚の契機になるはずだった。両家の間でも暗黙の了解になっていたはずだ。

しかし紗良は、大翔との許嫁解消を申し出た。しかもあとからわかったことだが、自分の祖父や父母のみならず、大翔の祖母にまで話を通していたのだから驚く。

(それだけ本気だということか。それなら俺にも考えがある)

本当は、紗良の卒業祝いの席でプロポーズしようと指輪を用意していた。けれど、先に彼女から別れを告げられたことで、指輪を出すタイミングを失い——衝撃のあまり、強靭な理性の殻に守られていた欲が顔をのぞかせた。

それまでいっさい性的に触れてこなかった紗良の唇を奪ったのだ。

キスをしたとき、彼女はたいそう驚いていたが、拒否されることはなかった。本気で嫌がられたらやめただろうが、その様子がなかったため暴走しかけた。

(呼び出しさえなければ、あのままホテルの部屋に連れて行っただろうな)

なぜ紗良が自分との結婚を無理だと思ったのか。キスのあとに問い詰めようと思った。しかしタイミングが悪く、本庁から緊急で呼び出しがあったのである。しかたなく大翔は紗良をタクシーに乗せ、『あとで話し合おう』と家に帰している。

あれから三日経っているが、まだ話し合いの場は持てていない。両家に筋を通す必要があるからだ。

(なるべく時間を置きたくないのに、まったく……上手くいかないものだな)

彼女が許嫁の解消を関係者に告げた以上、大翔としてはもう一度許嫁として関係を築くために手を打たねばならない。

紗良にキスをしたのは、彼女に対する宣言だ。ほかの男に渡すつもりはないし、許嫁を解消するつもりもない、と。

「警視監のお嬢さんは、まだ若いからな。まだ結婚は早いと思ってもしかたない」

慰めるように苦笑した山本は、大翔の肩をぽんとたたいた。

「おまえが本気で結婚しようとするなら、間違いなくお嬢さんは逃げられないだろうな。警視監の娘が許嫁じゃなければ、山ほど縁談を持ち込まれただろうエリート中のエリートだ。容姿も経歴も申し分がないのに、お嬢さんに結婚したくないと思われたのは面白いが」

「だから、結婚したくないというわけでは」

つい訂正したくなるのは、山本が旧知だという気安さもあるが、自分でも予想外だったからだ。プロポーズを受け入れてくれると信じて疑わなかったのは、彼女の気持ちにあぐらをかいていたのかもしれず、反省すべき部分である。

「……まあ、たとえ結婚したくないと言われても振り向かせるだけです」

「そうだな、頑張れ。結婚式にはぜひ呼んでくれよ」

どこか面白がるような台詞に目を眇(すが)めると、山本は「では警視正、よろしくお願いします」と畏まって一礼し、本庁へと戻っていく。

ひとり嘆息した大翔は、日比谷公園に足を踏み入れると携帯を取り出した。

まず片付けなければいけないのは、二課への圧力の件。これは、議員と警視長のつながりに端を発している。今後同じようなことが起こらないとも限らないため、どちらか一方か、あるいは双方に対してなんらかの措置を講じる必要がある。

組織の今後を考えれば、警視長の小松から排除するのが妥当だ。加えて、『警視長』は、大翔のひとつ上の階級。つまり、ここで追い落としておけば以降の仕事がしやすくなるし、議員の言いなりになって捜査を中断させる輩など排除しても問題はない。

（さて、どうするか）

いくら同じ大学の先輩といえども、小松が里中の要請に応じて圧力をかけたということは、ふたりの間になんらかの利害関係があると見ていいだろう。たたけば埃（ほこり）が出てくる気配が濃厚だ。

大翔は、ある人物にメールを送った。警視庁警務部（けいむぶ）、いわゆる『警察内警察』と呼ばれる部署の『監察官（かんさつかん）』である。件の監察官は、大翔と同じ階級の同期だ。小松の件は秘密裏に監察官に探らせればいい。うまくいけば、失脚させるネタが拾える。

山本からの依頼はこれで問題ない。目下の懸案事項は、紗良のことだ。

（俺たちを許嫁にしたのは、祖母さんと一之瀬の祖父さんだろうに。まさかここへきて、許嫁の解消を了承するなんてな）

紗良は、彼らに筋を通したうえで大翔に婚約解消を申し出た。両家の祖父母に話をしたということは、それだけ本気なのだろう。

（でも、俺から離れられると思っているなら甘いな）

かつて、紗良から『好きな人ができたら遠慮なく言ってくださいね』と言われたことがある。学生の自分が許嫁なのは、恥ずかしいでしょう、と。

そのとき大翔は、思わず抱きしめそうになった。消え入りそうな声でこちらを気遣う紗良に、心を揺さぶられたのだ。彼女が成人していたなら、間違いなく手を出していた。

性的に触れない代わりに、態度で愛情を示したつもりだ。過去の誘拐未遂事件もあり、紗良は異性との接触を極力控える生活を送っていた。そんな彼女を守り、愛で、安心させることに腐心した。

ここ数年で、大翔の意思は固まっている。根気強く彼女の卒業を待ち、ようやくプロポーズしようとした矢先に別れを告げられてしまった。正直想定外だが、三十代の男の決断は簡単に諦められるような軽い気持ちではない。

大翔は紗良を囲い込むべく思案し、とある人物へ連絡を入れるのだった。

＊

許嫁関係の解消を申し出てからというもの、紗良は抜け殻のように過ごしていた。

バイトが四月からなのをいいことに、毎日私室でぼんやりしている。今日も何もしていないのに、気づけば夕方になっていた。一応、家事は手伝っていたけれど、母がいるためせいぜい食器を洗ったり洗濯物を畳んだりする程度だ。

（……大翔さんは、何を考えているんだろう）

ここ数日、ずっと脳内を占めているのは大翔のことだった。

許嫁を解消すれば、彼はもう自由だ。紗良のせいで心無い陰口をたたかれることはなくなる。もともと『ロリコンじゃない』と言い、許嫁関係も快く思っていなかった。それでも許嫁でいてくれたのは、彼の祖母・扶美子の願いだったからだ。

それなのに、大翔はなぜかキスをしてきた。思い出すだけで赤面しそうなほど淫らに口づけてくる彼は、まるで知らない男の人みたいだった。

（あんなことされたら、大翔さんのことしか考えられなくなっちゃうよ）

許嫁を解消したからといっても、気持ちがすぐに冷めるわけじゃない。もう長いこと片思いしていたのだ。すぐに諦められる想いなら、もっと早い段階でそうしていた。

大翔からは、あれから何度か連絡をもらっていたが、電話の折り返しもメッセージの返信もしていない。申し訳ないと思ったが、彼と話すと決意が揺らぎそうで怖かった。

「紗良、お客様がいらしたからお相手していてくれる？」

部屋のノックとともに、母に声をかけられた。紗良は「わかった」と返事をし、椅子から立ち上がった。

（こんな時間にお客様なんて珍しいな。ちゃんとした服を着ていてよかった）

一之瀬邸には祖父の客がよく訪れるため、家にいるときでも一応人前に出られる服装をしている。

二階にある私室から出た紗良は、一階にあるリビングへ向かった。ドアをノックして返事があると、いつもそうするように笑顔でドアを開き、客人に挨拶をしようとしたのだが

――入口で固まってしまう。

「ずいぶん驚いてるね？　紗良」

リビングのソファで優雅に茶を飲んでいたのは、つい今しがたまで心を占めていた人物、大翔その人だったのである。

「ど、どうして……」

「ご家族に挨拶をしようと思って。あのとき、きみにもそう言ったはずだけど？」

大翔は整いすぎている相貌に、うっとりとするような笑みを刻んだ。その言動は、まるでレストランの個室でキスをしたことを思い出させるかのようだ。

紗良は一気に顔に熱が集まるのを感じ、視線を泳がせる。

（わたしが許嫁じゃなくなれば、大翔さんは安心するって思ったのに……考えていること

がわからない……！）

あの日は、大翔にキスをされたことに気を取られ、その後彼とどういう会話をしたのか記憶が曖昧だ。仕事の呼び出しがあったとかで、タクシーに乗せてくれたことだけは覚えているが、翌日からは連絡がきても返事をしなかったから、まさか今日家に来るなんて予想していなかった。

「……もう許嫁じゃなくなったはずです、けど」

「でも俺は、納得していない。関係は解消しないと言ったんだけど……覚えてないみたいだね。紗良はかなり動揺していたし、しかたないか」

立ち上がった大翔は、ゆっくりと紗良に歩み寄ってきた。口調も態度も、これまでに見てきた彼と変わらない。それなのに、今は全然知らない人のように感じる。自分を見る彼の目が、なぜかひどく熱っぽく見えるからかもしれない。

（くらくらしそう……）

無意識に感じ取ったのは、大人の男の色気だった。

今までの大翔の印象は、ストイックで真面目。紳士的な振る舞いで、常に紗良を庇護してくれる人。異性でありながら、ある意味誰よりも一緒にいて安心できた。

しかしそれは、大翔の一面に過ぎなかった。

大翔の色香にあてられて、頬に朱が走る。彼は笑みを湛えたまま目の前に立つと、指先で紗良の唇に触れた。

「キスしたことは覚えてる？」

「な、な、な……」

「その様子だとちゃんと記憶していたようだね。いい子だ」

大翔は唇から指を外し、その手で紗良の頭を撫でた。いつもなら子ども扱いされると切なくなるのに、今は気にする余裕はない。これまで手すら握らなかった男に距離を詰められて戸惑ってしまう。

紗良の反応を楽しげに眺めていた大翔は、ふと表情を変えた。それと同時にドアが開き、祖父と父母がリビングに現れる。

「待たせたね、安積くん」

祖父から声をかけられた大翔は「いいえ」と応じ、笑みを湛えたまま一礼する。

「こちらこそ、突然の訪問になりまして申し訳ありません」

「いや、構わんよ。立ち話もなんだし、皆、座りなさい。紗良も、いいね」

「……はい」

祖父に頷くと、大翔は先ほど座っていた場所にふたたび腰を下ろした。彼の正面には祖父が、その左右には父母が座ったため、紗良はおずおずと彼のとなりに座る。

（大翔さんが何を考えてるのか全然わからない。わたしと結婚しなくて済んで、喜んでいいはずなのに……どうして許嫁でいようとするの？）

紗良のことを仕事場で噂されるのは、彼にとってマイナスだ。それでも許嫁でいてもらえるほど、自分に価値があるとは思わない。

かつて『ロリコンじゃない』と口にした大翔の言葉が、小さな棘となって心に突き刺さっていた。最初は気にしないようにしていたが、年を重ねると自分の気持ちだけでどうにもならないことがあると思い知った。

大翔を好きだという気持ちだけで、許嫁という関係性に甘んじていた。だからせめて、これ以上は迷惑をかけたくないと身を引いたのだ。

「それで、今日は話があると聞いているが……まずは、こちらから詫びさせてくれ。紗良から聞いただろうが、きみとの関係を終わらせたいと言っている。安積くんには、紗良が小さいころから面倒を見てもらっていたのに申し訳ないと思っている」

大翔に視線を据えた祖父は、その場で頭を下げた。

家族には、『卒業を機に許嫁を解消したい。彼と結婚するつもりはないのに関係を続けるのは大翔さんにも失礼だから』と説明している。今は自立をするのが第一で、結婚なんて考えられない、と。

完全に自分の我儘だと伝えていたため、祖父たちは大翔に対し申し訳なさそうだった。

しかし大翔は、「謝罪されることは何もありません」と、真面目な顔で続けた。

「むしろお詫びしないといけないのは私のほうです。許嫁でありながら、許嫁として接する機会が極端に少なかった。彼女に見限られてもしかたありません」

「見限るなんて、そんな……」

思わず口を挟んだ紗良に、大翔は首を左右に振る。

「いいんだ。仕事にかまけて、連絡もマメにしていなかった。祖母にも言われたよ。『紗良ちゃんをもっと大事にしていればこんなことにはならなかったのに』と。実際、自分でもそう思う。文句ひとつ言わないきみに甘えてしまって悪かった」

大翔に悪いところは何もない。子どもが許嫁という状況に、十年も耐えてくれたのだ。もう今後は紗良に煩わされることなく、自由でいてほしい。けっして時間の有り余る生活をしていないだろう彼に、これ以上自分のせいで負担をかけたくない。

言いたいことや聞きたいことはあったが、「大翔さんに悪いところなんてひとつもありません」としか言えなかった。

彼の顔を見れば、目を奪われて鼓動が高鳴る。言葉を交わすと嬉しくて、視線が絡めば笑顔になれた。ずっとずっと好きだった人との別れを決意をするのはとてもつらいことだったのに、今になってキスをされるなんてどうしていいかわからなくなる。

「今日こちらにお邪魔したのは、紗良さんと私の許嫁解消についてお願いしたいことがあったからです」

大翔は、紗良の複雑な心境などお構いなしで、祖父と両親に話し始めた。口を挟むのもためらわれ黙って聞いていると、彼は皆を見回し堂々と言い放った。

「私は許嫁を解消するつもりはありません。とはいえ、紗良さんの気持ちが結婚に向いていないのに無理強いはしたくない。……そこで、もしお許しいただけるなら、彼女と向き合う時間をもらえないでしょうか」

「具体的には？」

父の芳辰の問いかけに、大翔は神妙な面持ちで答えた。

「紗良さんと、結婚を前提とした同棲をお許しください」

（ど、同棲……!?）

予想外の提案に紗良は驚愕し、祖父と父母は瞠目する。

十年の許嫁期間で、大翔の部屋に招かれたことは一度としてない。キスだってこの前初めてしたくらいで、彼は紗良に対して完璧に一線を引いていた。それが今は、一足飛びに紗良を囲おうとしている。

目まぐるしく変化する状況に、気持ちが追いつかない。それまで滞っていた水が堰を切って流れていくかのようだ。

茫然としていると、祖父の目が紗良へ向けられた。

「おまえはどう思ってるんだ？　紗良」

「わ、わたしは……」

「私たちは、もともとおまえたちを結婚させたいと以前から思っていた。だが、『許嫁関係を解消したい』と言われ、おまえを苦しめていたことを反省したんだよ。だから、私たちからは何も言うことはない。安積くんの提案を断るも受け入れるも、好きにしなさい」

虚弱体質だったことや誘拐事件のせいで、祖父たちは過保護だった。紗良が唯一信頼している異性が大翔だったから、許嫁になるよう頼んだのだろう。

しかし、紗良はそんな状況から抜け出そうと思った。大翔に自由になってもらい、自分も大人として自立しようとした。それをわかっているから、祖父らは今回の件で口を出すのを控えているのだ。

（……一大決心して許嫁解消を決めたのに……わたしはどうすればいいんだろう）

ずっと片思いしていた相手から突然熱烈にアプローチされれば、誰だって戸惑うだろう。まして紗良は、幼いころからずっと彼だけを想ってきたのだ。大翔と結婚することを夢見て、振り向いてもらうために努力してきた。

（でも……）

大翔の重荷になるのは嫌だから、彼の申し出を受け入れることはできない。彼がいまだに婚約者でいてくれるのは、一之瀬家と縁続きになれば出世に有利に働くからに過ぎない。それ以外に、紗良と許嫁でいるメリットなどないのだ。

膝の上で両手を握り、口を開きかけたときだった。

「近藤さんとも会って、話を聞いたよ」

彼の声に阻まれて、「えっ」と小さく呟いた。大翔と従妹の由美子とほぼ接点がない。それがなぜ話をすることになったのか。

内心で首を傾げると、「紗良のことを聞きたくて」と説明された。

大翔は、紗良が由美子と親しくしていることを知っている。彼には、『従妹に誘われてふたりでスイーツを食べに行った』とか、『従妹の家に遊びに行って女子会をした』など、折に触れて由美子との交流を話していた。

だから大翔は、わざわざ由美子に連絡を取って話をしたのだという。

「本庁で俺の噂が流れてるって聞いたんだって？　でもそれは、紗良のせいじゃない。俺の立場上しかたのないことだ。きみが気にする必要はないんだよ」

「安積くんは何か噂があるのか？」

大翔の言葉に芳辰が反応を示す。彼は「私の不徳のいたすところです」と苦笑した。

「一之瀬家のご令嬢の許嫁なので、『安積の出世は実力じゃない』という声もあるそうですよ。半分やっかみなので私は気にしていませんが、話を聞いた紗良さんは心を痛めたんでしょう。こういう噂ややっかみは実力で黙らせるしかありませんから」

「馬鹿な噂が立つものだ。警察が完全実力主義社会だと知らないわけでもないだろうに」

渋面を作る芳辰に頷いた大翔は、「階級が上がればそれだけ耳目に晒されますから」と応じた。ふたりの会話を聞きながら、紗良はますます混乱する。

許嫁の解消を決めた理由のひとつは、彼の迷惑になると思ったから。それなのに、大翔本人はまったく気にしていない。たかが噂程度で揺らぐ立場ではないと、紗良に言い含めているような言動である。

とはいえ、許嫁の解消を決めたのはそれだけが理由じゃない。直接話に来てくれた彼に対して誠意を尽くすべく、紗良は口を開く。

「大翔さんとふたりきりでお話しさせてください。部屋に来てもらっていいですか？」

「それはもちろん。そのためにお邪魔したからね」

立ち上がった大翔は、祖父と父母に一礼した。紗良は「大翔さんと話してくる」と断りを入れ、彼を先導して二階の私室へ向かう。

彼を部屋に招くのは久しぶりだ。かつて家庭教師をしてもらっていたときを除けば、片手で数える程度しかない。大翔は一之瀬家に来ても、紗良とふたりきりにならないようにしていた。今思えば、常に人のいる場でしか一緒にいなかったように思う。

そうした彼の行動も、彼が自分との関係に乗り気じゃないと思う一因だ。

部屋の中へ促すと、ローテーブルの前にクッションを置く。彼は「ありがとう」と微笑み、ドアを閉めて腰を下ろした。

「この部屋に来るのは久しぶりだけど、昔から変わらないな」

「そうですね……」

テーブルを挟んで彼の正面に座り、少し懐かしい気分に浸る。

大翔が家庭教師に来てくれる日は、いつもよりも念入りに部屋を掃除していた。お勧めの本を聞けば次に会うときまでに必ず読んでいたし、好きな映画を教えてもらったら必ず観賞していた。大翔が好きなものを共有して理解したかったのだ。

とはいえ、小学生と大学生だったから、会話が弾むはずがない。彼が気を遣って紗良に接してくれていたのだと今はわかる。

過去の自分を思い出している間も、大翔は紗良から視線を逸らさなかった。そこで、今さらに彼とふたりきりなのだと意識する。

(あんまり見ないでほしい……)

ずっと大好きだった人を目の前にすると、考えるよりも先に気持ちが動く。喜びを伝えるように心臓が高鳴り、嬉しさで気分が高揚している。

(子どもにしか見られていないのに、結婚なんてできるはずがない。大翔さんは優しいから、わたしや家族が傷つかないように振る舞ってくれているだけ)

紗良は自分自身に言い聞かせると、目を伏せて話を切り出した。

「さっきの……『結婚を前提にした同棲』の話、本気ですか……?」

「本気だよ。俺は、ずっときみと結婚するものだと思っていた。むしろ紗良がそうじゃなかったのが驚きだな」

「わたしは……」

紗良だって、大翔と結婚したいと願っていた。けれど、彼に大人の女性として見てもらえないことや、本庁での噂を聞いて心が萎れてしまった。

「……自分が大翔さんにふさわしくないって気づいたんです。噂話を聞いたのはきっかけに過ぎなくて、本当はずっとそう思っていました」

紗良と許嫁になった彼が、『ロリコンじゃない』と言ったときから気づいていた。ただ、今まで悪あがきしていただけだ。

「もうわたしのことで大翔さんを煩わせたくないんです。だから」

「きみが俺を煩わせたことなんて、ただの一度もないよ。それどころか、俺のことをずっと気遣ってくれた。我儘ひとつ言わないどころか、『好きな人ができたら言ってください』って言うくらい俺の気持ちを優先するんだから。立場的には、俺がきみに言うべき言葉だったのにね」

苦笑した大翔は、真剣な表情で紗良を見据えた。

「それとも紗良は、俺を男として見られない？　結婚したくないのも、俺を男として見られないからだと思えば納得できる」

（そんなことあるわけない！　わたしはずっと大翔さんしか見ていなかったのに……！）

心の中で叫んだ紗良だが、口を開く前に畳みかけられる。

「キスをしても、意識していないみたいだしね。年も離れているから、男として見られなくてもしかたないと思っているよ」

「そっ、そんなことありません！　わたしにとっては……大翔さんは、ずっと憧れの人だったんです。許嫁になってもらえて、この十年幸せでした」

「嬉しいよ」

思わず本心を口にすると、大翔は柔らかな笑みを湛えた。キスをしたときのような色気を滲ませる表情ではなく、紗良のよく知る笑い方だ。

（……ずるい。大翔さんは、わたしが否定するのをわかってわざとああ言ったんだ）

まんまと本音を引き出され、自分の迂闊さに落ち込みそうになる。大翔はそんな紗良の心の中すら見透かすように、ひとつ頷いた。

「これからは、もっとふたりの時間を作る。そのための同棲だ。それでも、どうしても許嫁を解消したいと思ったら言ってくれていい」

彼が本気で同棲をしようとしているのが、態度から伝わってくる。けれど、自分に対する愛情からの行動だと思うほど自惚れは強くない。

（どうして今になって？　でも……）

大好きな人から乞われれば、意地を張るのは難しい。

自分の意思の弱さが情けないが、今まで許嫁らしいことをしてこなかっただけに、女性として扱われてみたいという欲求が湧き上がる。

(許嫁を解消するにしても、大翔さんと恋人みたいなデートをしてみたいな……)

手をつないで、カップルが行くような場所にふたりで行くことができれば、もう思い残すことはない。十年間の片思いに終止符を打ち、心置きなく彼のために身を引ける。

「……わかりました。大翔さんと、一緒に住んでみます」

紗良は迷いながらも、彼とまだ許嫁でいることを選び、同棲を決意した。すると、それまで穏やかだった大翔の表情が、どこか色気を帯びたものに変化した。流れるようなしぐさで手を伸ばし、紗良の頬に触れる。

「ありがとう。紗良のくれたチャンスを無駄にしないようにするよ」

「あ、あの……それじゃあ、大翔さんと一緒に住むことを家族に話しますね」

動揺して立ち上がった紗良は、部屋を出ようとする。しかし大翔に手首を摑まれた。

「待って、紗良。まだ話は終わってないよ」

「え……」

手を引かれた紗良は、体勢を崩して大翔の胸に傾れ込む。彼の突然の行動に驚き、慌てて離れようとしたけれど、それよりも先に抱きしめられる。

「大翔さん、あの……」

「心臓の音、すごいね。逃げないって約束してくれたら離してあげるよ」

耳もとで囁き（ささや）を落とされ、一気に体温が上がった。

この前から彼は、それまでの距離感がなかったかのように触れてくる。けっして嫌ではないけれど、こういう行為に慣れていないから困る。

「に、逃げませんから……離してください」

やっとのことでそれだけを言うと、「そう、残念だ」と、大翔は本当にがっかりした様子で紗良を解放した。けれどそれは一瞬のことで、今度は自分の足の間に座らせ、背中から抱きしめてくる。

「ど、どうして……逃げないって言ったのに……」

「うん。でも、やっぱり離したくないから」

紗良の肩に顎をのせた大翔は、両腕で腰を抱いてくる。吐息が耳朶（じだ）に吹きかかるのがくすぐったい。

全身で意識している紗良の反応を愉しんでいるかのように、彼は小さく笑みを漏らした。

「一緒に暮らすにあたって、一番大切なことを話しておかないといけないと思ってね」

「なんですか……？」

紗良は彼の腕の中で緊張し、身動ぎひとつせず問いかける。

たしかに許嫁とはいえ、これまでのふたりは親密とはいいがたい。互いに知らないことも多いだろうし、何かルールを設けなければ上手く生活できないだろう。

「そんなに身構えなくてもいいよ。知っておいてほしいことがあるだけだから」

彼が話すたびに肩が揺れる。至近距離で会話をしているせいで、大翔の声が耳の奥に浸透していくような感覚がする。

（こんな体勢だと、話に集中できないよ）

頬に熱が集まって顔が熱い。いや、顔どころか全身が熱くなっている。いたたまれずに身を竦ませて耐えていると、大翔の声が耳朶をくすぐった。

「紗良は許嫁を解消したいようだけど、同棲の提案を受け入れた時点で許嫁関係は続いている。俺は、さっきご家族の前で話したように、紗良と一緒に住むのは結婚を前提に考えているから。ここまではいい？」

「はっ、はい……わかっています」

「で、ここからがご家族には言っていない話。……俺は、今まできみと許嫁らしい関わりを持っていなかった分、これからは紗良との時間を持ちたいし、この前みたいなことも積極的にしようと思ってる」

「この前みたいな……？」

耳まで赤くしながら紗良が尋ねると、大翔が笑った気配がした。

「遠慮なくキスもするし、それ以上のこともするってこと。だから紗良は、心の準備をしてからうちにおいで」

優しく甘やかすような声で大翔が言う。だが、その内容は衝撃だった。

彼は、紗良が許嫁になったとき、ロリコンではないと言っていた。ふたりの年齢差を考えればしかたないとはいえ、当時はショックを受けた。

(それがどうして急に積極的になるの……?)

困惑した紗良は、すぐに答えることができない。すると大翔は、答えを促すように耳殻に唇を寄せ、軽く口づけた。

「あ……っ」

「本当は、何も言わずに家に連れ込んでしまおうかとも思ったんだけどね。そうして逃げられたら元も子もないから予告しておく。一緒に住み始めたら、そう遠くない未来に必ずきみを抱くよ」

大翔の宣言に、紗良は言葉を失った。いつだって紳士的な彼が発する性的な言葉に驚き、同じくらいに混乱する。

(でも、一度同棲を受け入れたんだし……今さら怖気づいていられない)

ずっと好きだった人と一緒に住み、初めてを体験できるとすれば、これほど喜ばしいことはない。一生の思い出になるだろう。たとえそこに愛情はなくても、大翔に抱かれるな

ら本望だと思える。

「わかりました。そのつもりで、同棲に臨みます」

彼に抱きしめられながら、はっきりと告げる。この同棲で十年間の許嫁関係を清算するべく、覚悟を決めたのだった。

大翔から〝結婚を前提にした同棲〟を提案されて一週間後。引っ越しを翌日に控えた紗良は、ある場所へやってきた。

「よく来たわね、紗良ちゃん」

大翔の祖母・扶美子の住む家である。

彼女は、都内の高級住宅街の一軒家でひとり暮らしをしている。管理の楽なマンションに移り住むことも考えたそうだが、夫との思い出の詰まっている家を手離すのは忍びないと、ひとりで家を守っている。

「お祖母様、この前はわたしの我儘で驚かせてしまってすみませんでした」

この家に来たときにいつも通される和室の応接間に入り、開口一番で謝罪する。

大翔に許嫁関係の解消を告げる前、紗良は事前に自分の家族と扶美子に話を通している。

特に扶美子は大翔と紗良が結婚することを望んでくれていたから、自分の口で話さなければいけないと思ったのだ。

「お祖母様には、大翔さんと許嫁を解消すると伝えましたが……もう少しだけ、許嫁でいさせてもらうことにしました。大翔さんから結婚を前提とした同棲を提案されて……一緒に住むことを決めました。事後承諾になって申し訳ありません」

座布団を外して頭を下げると、扶美子は朗らかに笑った。

「あなたが謝ることは何もないわ。全部、大翔が至らないせいだもの」

「そんなこと……」

「許嫁という立場にあぐらをかいて、紗良ちゃんを放っていたのだもの。それなのにあなたは、文句ひとつ言わずに許嫁でいてくれた。あの子もあなたがどれだけ我慢してくれていたのかを気づくべきだわ」

辛辣な感想を述べた扶美子は、「ありがとう」と紗良に微笑みかけた。礼を言われる覚えがなく首を傾げると、「わたしは嬉しかったわ」と眦(まなじり)を下げた。

「紗良ちゃんみたいな優しい子が、大翔のお嫁さんになってくれるのがわたしの願いだったの。だから、まだ許嫁でいてくれることが嬉しいのよ」

扶美子の言葉が胸を衝く。許嫁解消を申し出て彼女を落胆させたことを申し訳なく思い、そっと視線を逃す。

棚の上に目を遣ると、扶美子の亡き夫の写真が飾られている。警察官礼服を着用してカメラに向かって敬礼している一枚と、結婚式の一枚だ。扶美子は何かの折には必ず、『大翔と紗良ちゃんの結婚式でも警察官礼服がいいと思うわ』と言っていた。

(何回見ても、本当に素敵だな)

黒の制服に金の肩章と飾緒が映え、見ているだけでドキドキする。白手袋と帽子も正装としての重要アイテムで、紗良はこの礼服写真を見るたびうっとりしてしまう。

「紗良ちゃんは、警察官礼服が大好きね」

視線の先に気づいた扶美子にからかわれ、照れながらも頷いた。

警官に限らず、働く人々が身に纏う制服全般が紗良は好きだった。

その中でも特に心惹かれるのは警察官の制服だ。警官の祖父や父を幼いころから見てきたことが大きい。万次郎や芳辰が参加した儀式の動画や写真を見て憧れ、白バイ隊員の帽章を見て胸をときめかせ、交番勤務の制服を見てわくわくするほどである。

この家を訪れて写真を見るたびに、いつかは自分も礼服を着た大翔と式を挙げるのだと夢見ていた。

(でも……)

「……大翔さんなら、わたしよりふさわしい人がいっぱいいるはずです。それなのに、どうしてわたしをそこまで買ってくださるんですか?」

紗良は、ずっと不思議だったことを思いきって尋ねた。

いくら懇意だったからといって、大翔のような大人の男性と自分が許嫁でいるのは無理がある。誰もが羨む警視庁のエリートで容姿も端麗な大翔なら、一之瀬家と縁を結ばずとも相手は選び放題だろう。

「大翔とあなたを許嫁にしようと決めたのは、誘拐事件がきっかけよ。でもわたしはね、あの子にも必要なことだと思ったの」

扶美子は目を伏せると、言葉を選ぶように継いだ。

「大翔はあの見た目だから、学生時代からそばに寄ってくる女性があとを絶たなかった。だけど、そういう女性に嫌気がさしていたのか、一時期女性の扱いが冷淡になっていたのよ」

「え……」

意外だった。大翔は常に紳士的で、冷たく扱われたことなど一度もない。『ロリコンじゃない』と乗り気ではなかった許嫁に対しても、態度に表すことはなかった。

「……全然イメージが湧きません。大翔さんは、わたしには優しく接してくれたので」

「あなたが相手だからだと思うわ。あなた以外の女性には、見向きもしないもの。大翔にとって紗良ちゃんは特別な女性なのよ」

（もしも本当にそうだったら嬉しいけど……）

扶美子が嘘をつくとは思えないが、自分が大翔の大事な女性だとは思えない。もしそう見えるのであれば、それは彼が自分の祖母や紗良の家族に気を遣っているからだ。

（……そうだ。だから大翔さんは、同棲を決めたのかもしれない）

それまで距離を縮めようとしなかった彼が、紗良にキスをして許嫁で居続けることを望んだ。しかも、同棲の提案までして。

自分自身の感情よりも、周囲の希望を叶えようとしたのだ。それは優しい大翔らしい決断だが、紗良にとってはやはり切ない。

「もしも紗良ちゃんが重荷だったら、遠慮せず大翔を振ってちょうだいね。あなたたちが結ばれればいいとは思っているけれど、無理強いしたいわけではないから」

「振るなんてそんな……！　大翔さんは素敵な人です。わたしにはもったいないくらいの人で……ふさわしくないのは、わたしのほうです」

身体が丈夫なほうではないし、見た目も子どもっぽい。それは、紗良がずっと抱えてきたコンプレックスだ。

つい視線を俯（うつむ）かせると、紗良の感情を察した扶美子が「そういえば」と話題を変えた。

「バレンタインのチョコレートをありがとう。お返しを渡したかったのよ」

扶美子はテーブルの上に可愛らしくラッピングされた箱を置いた。微笑んで礼を告げた紗良は、ありがたく箱を受け取った。

「ありがとうございます、お祖母様。かえってお気遣いいただいてすみません」

「こちらこそ。いつもこんなおばあちゃんの話し相手になってくれてありがとう。紗良ちゃんとおしゃべりするのが、唯一の楽しみなのよ。今年は、美味しいって評判のマカロンを取り寄せたの」

彼女は「ちょっと待っててね」と一度席を外し、大きなリボンのついた袋を携えて戻ってきた。「これはお祝いよ」と紗良に手渡すと、にこにこと嬉しそうに笑う。

「万次郎さんからお聞きしたの。紗良ちゃんがアルバイトを始めるって」

「祖父が……？　もう、おしゃべりなんだから」

扶美子には自分から報告しようと思っていたのだが、祖父に先を越されてしまったようである。彼女は「万次郎さんも心配なのよ」とフォローする。

「わたしは、教えてもらって嬉しかったわ。ちょうどホワイトデーのお返しをしたかったところに、おめでたい話題だったから。おめでとう、紗良ちゃん。大翔にはもう伝えた？」

「……はい。許嫁解消の話をするときに、お話ししました。最初は大翔さんも、祖父たちと同じ反応でした。でも、わたし……自立したかったんです」

アルバイトを始めると報告したときの大翔の反応は、〝家族〟そのものだった。扶美子のように、『おめでとう』と、応援してくれたわけじゃない。そういう意味で彼にとっての紗良は、出会ったころと変わらない印象しかないと言える。

（わたしはいつまでも、大翔さんの中では子どものままなんだよね）

事実を正しく認識し、わずかに胸が軋む。しかし紗良はプレゼントを受け取ると、扶美子に心配をかけないよう満面の笑みを浮かべた。

「こんなふうにお祝いをしてくれたのは、お祖母様だけです」

「みんなはね、小さなころからあなたが寝込んでつらそうなところを見ていたから、過保護になってしまうのよ。でも、あなたの成長を喜んでいると思うわ」

大翔や家族の心配してくれる気持ちは理解しているし、ありがたいと思う。少しだけ反発心を持ってしまうのは、いつまでも自分が子どもにしか見られないもどかしさがあるから。そして、そんな自分が情けなくもある。

「気に入るかどうかわからないけれど、開けてみてちょうだい」

扶美子に促された紗良は、もらったプレゼントを丁寧に開けた。すると、可愛らしいキャスケット帽が入っていた。

全体がしわ加工されていて、サイドが大きなリボンになっている。薄いベージュのためどんな服装にも合わせやすく、これからの季節に活躍しそうだ。

「初夏でも日差しがきついでしょう？　アルバイトに行くときに被ったらどうかと思って。店員さんに、『孫のお祝いにあげるから』って言って一緒に選んでもらったの。プレゼントをしたい相手がいるっていいわね」

「ありがとうございます……！」

帽子を胸に抱き、紗良は感激でそれ以上何も言えなかった。

こうして扶美子を訪ねるのは、ひとり暮らしで不自由がないか心配だったからというのもあるが、自分との交流が生活の張りにつながっていたのなら、これほど嬉しいことはない。プレゼントをしてくれた気持ちに、恥じない自分でいたいと思う。

「大切に使わせてもらいますね」

「ふふ、気に入ってもらえたなら嬉しいわ」

扶美子の優しさに感謝すると、紗良はテーブルの上に置いてある箱に目を向ける。

「お祖母様は、マカロンは食べられたんですか？」

「いいえ？　今回はホワイトデーのお返しだから、自分の分は買っていないわ」

「それなら、今、一緒に食べませんか？　せっかくの美味しいお菓子なら、お祖母様と一緒に食べたいです」

それは紗良の本心だ。常に笑顔で優しい扶美子には励まされ、本当の祖母のように思っている。たまに大翔とデートすることがあったのも、彼女が尽力してくれたからだ。

「それじゃあ、お茶を淹れ直すわね」

「わたしも手伝います」

扶美子に続いて台所へ向かいながら、心の中で感謝する。

許嫁を解消したいと言ったのは自分なのに、大翔の提案があったからといって前言を翻してしまった。謗られてもしかたがない行動だ。にもかかわらず、扶美子は気持ちを尊重してくれて、初めてアルバイトをする紗良に素敵なプレゼントまでくれた。

「……お祖母様がいてくださって本当によかったです」

思わず漏らした本音に、扶美子が微笑む。

「それはわたしの台詞よ。紗良ちゃんのことは本当の孫のように思っているわ」

彼女の言葉で、周囲に恵まれていると改めて感じる紗良だった。

その日の夜。私室で寛いでいると、携帯の着信音が鳴った。

(誰だろう?)

チェストの上に置いていた携帯を手に取り画面を見た紗良は、急いで電話に応答する。

「はっ、はい」

『紗良、今、大丈夫?』

電話の相手は大翔だった。彼とはメッセージアプリでのやり取りが多いため、こうして直接電話がかかってくるのは稀だ。だからよけいに驚いて身構えてしまう。

「部屋にいるので大丈夫です。……何かあったんですか?」

『いや、特別何かあるわけじゃないんだ。ただ声が聞きたかっただけだから』

「っ……」

まったく予想外の返答をされて、一瞬息が止まりかけた。

大翔からそんなことを言われたのは初めてだった。直接会ったときも、メールや電話をするときも、甘い台詞は皆無だ。許嫁というよりは家族と接している感が強かった。

それが今では、同棲にあたり『抱く』とまで宣言されている。もちろん紗良は、初めて結ばれるのは大翔以外に考えられないが、彼の真意は摑めない。わかるのは、周囲の人々の望みを叶えようとしていることだけだ。

（直接聞ければいいけど、そんな勇気はないしな……）

好きな人に及び腰になるのは、自分だけだろうか。それとも、大人の女性たちもこんな思いをしているのか。さすがに踏み込んだ話になると、扶美子や従妹に相談できない。

電話越しに紗良の動揺を察したのか、大翔が含み笑いを漏らした。

『そういえば今日、祖母の家に行ってくれたらしいね』

「はい。その……大翔さんと一緒に住むことを直接お伝えしたかったんです」

『紗良が来てくれたって、嬉しそうなメッセージが入ってた。俺よりも祖母のほうが紗良と会っているみたいだね。妬けるな』

低く穏やかな大翔の声に、紗良の胸は高鳴った。もちろん声だけではなく、話の内容にも心臓が躍っているかのように速くなる。

今まで扶美子と頻繁に会っていても、彼は礼を言うだけだった。こんなふうに、ヤキモチを妬いているようなことは一度として言ったことがない。

（一緒に住むようになったら、大翔さんの甘い言動に毎日動揺させられるってこと？）

許嫁になってから十年間、男と女の雰囲気になることはまったくなかった。それがいきなり同棲をしようとするのだから、我ながら思いきった決断だと今さら思う。

接触が増えるほどに、大翔に惹かれるのはわかりきっている。キスをしただけで、頭の中が彼のことでいっぱいなのだ。もし身体を重ねるようなことがあれば、自分がどうなってしまうのか想像がつかない。

「……お祖母様、ホワイトデーのお返しをくださったんです。それと、アルバイトが決まったお祝いに帽子までいただいて」

『そうか。祖母に先を越されちゃったな。俺も、ホワイトデーのプレゼントを渡したいし、アルバイトが決まったお祝いもしたい。なんだかんだ言って、大学卒業のお祝いもうやむやになったから』

「それは……すみません」

卒業祝いで食事に連れて行ってもらったときに、許嫁の解消を告げてしまったからだろう。紗良としては、一緒に食事をしただけで充分なのだが、彼は納得していないようだ。

「お祝いしてくれる気持ちだけ受け取らせてもらいます。ホワイトデーもアルバイトのことも、気にしないでください」

『紗良は、俺に何も望まないね。そうさせてしまったのは俺なんだろうけど』

「え……」

少し残念そうに呟かれた言葉に首を傾げる。けれど質問するよりも先に、大翔は気を取り直すように続けた。

『ホワイトデーとアルバイトのお祝い、俺にもやらせてくれる？　引っ越し前は少しバタバタしているから、紗良が引っ越して落ち着いたら。ね？』

「いえ、そんな……」

『遠慮は禁止。もう決めたから』

いつになく強く告げられて、紗良はそれ以上の固辞ができなくなってしまった。

「大翔さんは、意外と強引なんですね……初めて知りました」

これまでは紳士的な姿が前面に押し出されていたが、キスを境に――いや、許嫁解消を紗良が申し出たときから、明らかに大翔は変わった。もともとこういう性格だったのを今まで隠していたのか、それとも何か強引に話を進めざるを得ない理由があるのか。

『そうだね。強引と言われればそうかもしれない。本気を出さないと紗良に逃げられそうだから。……これからは、ちょっと枷を外そうかと思ってる』

紗良の言葉を肯定した大翔が、吐息混じりに笑った気配がした。

（本気って……枷を外すって何……⁉）

彼の声を聞いているだけで心拍数が上がる。いろいろと考えなければいけないことがあるはずなのに、大翔に意識が占められてしまう。

『紗良？』

「は、はい」

『動揺させたみたいだね。残念だな。そばにいたら、抱きしめられたのに』

大翔は正しく紗良の状態を見抜いていた。

こんなことを言われて、動揺しないほうがおかしい。いったい大翔はどうしてしまったのか。心の中は疑問符でいっぱいだったが、それ以上に彼に甘い言葉を囁かれることにドキドキしてしまう。

『紗良と一緒に住める日が来るのが楽しみだな。もしも何か必要なものがあったら連絡して。越して来る前に揃えておく』

「はい……わかりました」

ようやくそれだけを答え、通話を終えた。紗良は携帯を置くと、火照りを覚ますように両手で頬を包み込む。

十年許嫁でいたのに、彼のことを何もわかっていなかった。けれど、新たな一面を知ってなおさら想いが膨れ上がっている。

（子どもっぽくて身体の弱いわたしよりも、大翔さんを支えられる人のほうがふさわしい。そんなことわかってる）

それでも、ずっと好きだった人に迫られると、自分の想いを優先させそうになる。紗良は自分自身の弱さに落ち込み、しっかりしろと心に念じた。

3章　甘い同棲生活

紗良が大翔の住むマンションに引っ越したのは、三月下旬のことだった。

引っ越しといっても、そう大がかりにはならなかった。生活に必要な品は大翔の家に揃っていたし、足りないものはふたりで買いに行こうと言われたからだ。だから紗良は、身の回りの品だけを彼の部屋に運び込んでいる。

（本当に今日から、大翔さんと一緒に住むんだ……）

彼の住む部屋は、港区(みなとく)にあるタワーマンションの一室だ。一之瀬家は、大翔の祖母と同じく一軒家のため、マンションからの眺望は新鮮だった。

部屋の間取りは3ＬＤＫで、紗良はそのうちの一室を与えられた。あとの二部屋は彼の書斎と寝室だ。ひと部屋ごとがそれぞれ広く、ふたりで住むには充分である。

荷物を私室に運び終えると、紗良はリビングの窓の外に目を向けた。景色は抜群にいい。高層階から夕焼けに染まる都心を眺めているだけでも飽きない。

ただ今は、眺望よりも気を取られていることがある。荷ほどきをしていたときに、大翔から言われた言葉だ。

『寝室はひと部屋しかないから、一緒に寝ることになるよ。ベッドはふたりで寝ても余裕があるくらい大きいから安心していい』

笑顔でそんなことを言われても、安心どころか緊張が増すだけである。何せ大翔からは、同棲したら抱くと宣言されている。好きな人と結ばれるのは嬉しい。けれど、同じくらいに動揺がある。

(まさか今日じゃないよね？　全然心の準備ができてないんだけど)

一緒のベッドで眠るのだから、初日からそういう行為に及ぶ可能性は十二分にある。もし彼がその気なら、自分はどうすればいいのか。何か準備をするのか、それとも流れに任せればいいのか。紗良の脳内は混乱していた。

「紗良？　眺めが気に入った？」

「あっ、はい！」

突然背後から声をかけられ、声が裏返ってしまう。

(今日から、大翔さんと一緒に住むんだ。迷惑をかけないようにしないと)

こっそりと気合いを入れた紗良だが、彼はリラックスした様子でソファに座った。

「引っ越しお疲れ様。ちょっと休憩しない？」

「大丈夫です。そういえば今日、夕ご飯はどうしますか？　簡単なものなら作れますけど、もし食材がなければ買ってきます」

「うーん、そうだな……ちょっと相談しようか」

彼に手招きをされて近づくと、手首を摑まれた。ギョッとする紗良に微笑んだ大翔は、軽々と紗良を持ち上げて自身の膝の上に座らせる。

「捕まえた」

「大翔……さん？」

「捕まえておかないと、紗良はすぐに逃げようとするから」

横抱きにされた状態で彼の膝の上に座っているせいで、やけに顔が近い。紗良は大翔を直視できずに視線を俯かせる。この距離感に慣れていないのだ。

腰をしっかりと抱き込まれ、身動きができない。ドキドキしながら彼の膝の上で肩を竦めていると、大翔は紗良の反応を楽しむように身体を密着させる。

「俺のこと、意識してる？」

「……はい」

つい最近まで触れ合うことはなかったし、ずっと好きだった人に触れられて平然とするなんて無理な話だ。大翔は満足そうに笑みを漏らし、紗良の耳へ唇を寄せる。

「いい傾向だね。これから一緒にいるときは、許嫁としてスキンシップしていくから」

（スキンシップって……こんなにドキドキすることを、みんなしてるの？）

通常の許嫁がどのように距離を縮めていくのかを紗良は知らない。もしも許嫁になった時点で彼と釣り合いの取れる年齢だったなら、もっと自然に付き合えたのだろうか。考えてもしかたのない問いを自分に向けた紗良は、小さく首を振る。

「……わたしは、逃げてるつもりはないです」

「うん。逃げないならいいよ。許嫁を逃がすつもりはないし」

大翔の言葉を脳内で反芻した紗良は、やけに彼が『許嫁』を強調していることに気づく。『ロリコンじゃない』と一線を引いてきたのは大翔のほうだ。それなのに、今はまるで恋人にするように甘く接してくる。

（……そうだ。大翔さんは、『許嫁を解消しない』とは言ったけど、わたしが好きだとは言ってない）

ずっと、大翔に女性として見られたいと思っていたけれど、いざこうして迫られて戸惑うのは、想いが通じ合っていないからだ。

「紗良？」

声をかけられた紗良は、びくりと肩を震わせた。胸をときめかせるのは自分だけで、結局ふたりの関係は変わっていないのだ。

今までと違うのは、一緒に住んでいること。そして、キスやその先も彼はするつもりだということ。この二点のみだ。

（初体験をするなら、大翔さんじゃなきゃ嫌。だから……これでいいんだよね）

最後の思い出に『許嫁』らしいコミュニケーションをしてから、大翔に別れを告げる。それが最善の策だ。彼に釣り合っていないのは嫌というほど身に染みている。少しくらい甘やかされているからといって、勘違いしてはいけない。

引っ越しで少し浮かれていた気持ちを引き締めるように紗良が唇を引き結ぶと、大翔にポンと頭を撫でられた。

「今日は慌ただしかったし疲れたんじゃない？」

「そう……ですね。でも、平気です。食事の準備させてください」

大翔の膝の上から降りようとした紗良だが、彼は自分の腕の中に閉じ込めるかのように、腰を抱く手の力を強めた。

「無理しないでいいよ。今日は、俺が夕食を作るから」

「えっ！　大翔さん、お料理するんですか？」

「手の込んだものは作らないよ。だから今日はカレーにしようかと思って。ちょうど余っている食材があるから」

「大翔さんって、なんでもできるんですね……」

姿端麗なうえに警視庁のエリート。そのうえ料理まで嗜(たしな)んでいるとは思わなかった。紗良が唯一この同棲で役に立てるとすれば家事だったが、よくよく部屋を見るとひとり暮らしとは思えないくらい整頓されている。

つい肩を落とすと、大翔が紗良の頰に触れた。

「なんでもはできないよ。きみは俺への評価が高すぎる。それなのに、自分の評価が低い。俺からすれば、紗良は優しいいい子だよ。祖母や俺への気遣いもありがたいし、働かなくていい環境なのに、アルバイトを決めた行動力だってある」

「……ありがとうございます」

彼は褒めてくれたが、紗良はまだ努力が足りないと思っている。

大翔に釣り合いが取れる女性になろうと、料理や家事は頑張って覚えた。もともと虚弱体質で、無理をすればすぐに発熱する。だから人並みになるには、ほかの人よりも多くの時間を費やして努力する必要があった。

家族も大翔も紗良に優しいが、その気持ちに甘えずにもっともっと頑張らなければいけない。彼と密着しながらも、自分を縛める紗良だった。

＊

紗良との同棲生活が始まって一週間が経った。その間、何事もなく順調に生活していることに、大翔は胸を撫で下ろしていた。

（唯一問題があるとすれば、紗良が可愛すぎることだろうな）

マンションに戻ると、決まって彼女は笑顔で出迎えてくれる。その姿はさながら新妻のようで、危うく寝室に引きずり込みたくなるほど可愛い。

もちろん、そんな獣のような真似は今のところしていない。その代わりにキスは毎日しているが、彼女はまだ慣れないようで、毎回唇を離すと恥ずかしそうにしている。それがたまらなく大翔の欲情を煽る。そうそうに手を出して、身体が目当てだと思われたら困る。

（もっと紗良を意識させる。抱くのはそれからだ）

無意識に緩みそうになる頬を引き締めた大翔は、警視監――紗良の父に呼び出され、庁舎の地下駐車場まで足を運んだ。

芳辰の専用車の場所はわかっているため、そちらへ向かう。自分の足音だけが響く中、目的の車の後部座席を視認すると、大翔に気づいた相手が窓を下げた。

「乗りなさい。久しぶりに一緒に昼食をどうだい？」

「はい」

大翔が芳辰のとなりに乗り込むと同時に、車は音もなく発進した。地下から地上に出ると、さっそく話を切り出される。

「紗良の様子は？」

「今のところ問題なく過ごしています。昨日は手料理を振る舞ってくれましたよ」

芳辰は完全に父親の顔で、「そうか」と表情を崩している。紗良の意思を尊重して同棲を認めたものの、やはり親としては心配なのだろう。体調のこともそうだが、彼女が許嫁を解消したいと言ったのが大きい。

「紗良は、幼いころからきみに夢中だった。それは親としてよく理解しているつもりだ。ただ、そんなあの子が許嫁を解消したいと言うのだから、よほど覚悟したうえでのことだろう。きみは、そのあたりどう考えているんだ？」

芳辰はどこか試すような眼差しで大翔を見据えた。

「もしきみが紗良に対して愛情が持てないのであれば、許嫁は解消してもいい。私たちやきみのお祖母さんに遠慮しなくてもいいんだよ」

「お言葉を返すようですが、私は彼女を大事に思っています」

決然と返答した大翔は、内心で憤る。

許嫁になったとき、紗良はまだ子どもだった。中学に入ったばかりの彼女と真剣に将来を考えられなかったのは、しかたのない話だ。

しかし、美しく成長する彼女を見守っていくうちに、誰よりも大事な存在になった。健気に好意を向けてくる紗良が、可愛くてしかたない。今さら許嫁を解消するつもりも、ほかの男にくれてやるつもりもなかった。

（ただ、紗良は俺のことを過大評価しすぎているんだよな）

大翔も職務を外れれば、ひとりの男である。人並みに性欲もあるし、欠点だってむろんある。紗良の前ではかっこいい許嫁でいたいから、あまりそういう面は見せずにいたし、大学を卒業するまで節度を守った。

だが、紳士を貫いてきたことで、紗良の中の大翔は〝男〟ではなくなっている。だからこそ、必死になってアピールしているのだ。

（そうだよ。俺は、紗良が離れていかないように必死なんだ）

彼女の好意に付け込んで同棲を提案し、囲い込んでいる。大人げがないと自分でも思うが、許嫁を解消させないためになりふり構っていられない。紗良からすれば、紳士然としていた大翔の豹変（ひょうへん）に驚いているかもしれないが。

「必ず紗良さんに結婚を承諾させます。彼女が私に好意を寄せてくれているなら、許嫁を解消する理由がありません」

紗良には、少しずつ〝紳士〟ではなく〝雄〟の部分を見せている。毎日キスをしているのもその一環だ。ただの男として自分を意識させ、溺れさせてしまえばいい。

「そういうところは、きみのお祖父さんそっくりだね」

大翔の決意を聞いた芳辰が苦笑した。

「知っているかい？　きみのお祖父さんも、お祖母さんを口説き落として結婚しているんだよ。粘り強いというのか、なんというのか……安積くんはクールだと思っていたのに、意外と情熱的だな」

「褒め言葉として受け取ります」

芳辰の評価は、あながち間違っていなかった。

女性に対しては、昔からクールだと言われてきた。どれだけ美女に言い寄られても、すげなく振り続けることから、『冷たい』だの『モテるからっていい気になってる』だのと学生時代から言われ続け、社会人になっても似たようなことが多々あった。

優れた容姿に加え、警察官僚として順調にキャリアを積んでいることもあり、やたらと女性が寄ってきたのは否定しないし、年相応に女性と付き合ってきた。

だが、紗良と許嫁だと周知されてからは、そういった面倒な誘いは減った。その代わりに、『出世のために警視監の娘と結婚する』などと言われる羽目にはなったが、大翔にすれば歯牙にもかけないささいな話だ。

(俺が情熱的だとすれば、紗良に対してだけだ)

家庭教師として出会って十四年、許嫁になってからは十年、その間、彼女の成長をずっと見守ってきた。兄でも父でもない、だが、男女の情を抱くには彼女は幼く、どう接していいか迷っていた部分もある。

しか、紗良が年齢を重ねていくにつれ、『可愛い』としか感じていなかったはずが、『愛しい』と思うようになり、『手に入れたい』と強く願うようになった。それでも大翔は、自分の欲望のまま行動することはせず、辛抱強く待った。

（……紗良の無意識の誘惑が一番きつかったな）

それは、彼女が大学二年の夏のこと。

久しぶりにデートをすることになり、紗良に行きたいところを尋ねたところ、『プールに行きたい』と少し遠慮がちに希望を言われた。

『今までは体調のこともあって、小中高校とプールは行けなかったし体育もお休みしてきました。でも、お医者さんにも無理さえしなければ大丈夫だって太鼓判を押していただいたので……できなかったことに挑戦したいんです』

身体が弱かった彼女は、学生時代に経験するような楽しい思い出が少ない。それでも前向きに、自分ができることを模索していた。

紗良が望んでいるなら、自分ができる限りサポートすればいい。大翔は一之瀬家を説得し、人が多く集まらないホテルのプールに連れていく算段をつけた。

けれどそれが、自分の首を絞めることになる。なぜなら成長した彼女の水着姿は、非常に魅力的だったから。

デザインこそおとなし目のワンピースタイプだったが、女らしい身体つきは隠しきれていなかった。白く透き通るような手足も、けっして高くはない身長も、男の欲望と庇護欲を掻き立てる。

このときほど、紗良をほかの男の目に触れさせたくないと思ったことはない。

高級ホテルのプールだったため、利用していた客層は悪くない。それでもまったく人がいないわけではなく、紗良はその場にいた男たちの視線を浴びていた。にもかかわらず、本人が気づいていないのだから困りものだ。

『紗良、泳げる？　よければ俺が教えるけど』

『お願いします……』

頬を染めて自分を見上げてくる紗良の可憐さに、何度抱きしめようと思ったことか。

水の中で真剣に泳ぎをマスターしようとする真面目さも、少し泳げるようになったときに見せた笑顔も、すべてが魅力的だった。

本人にはもちろん言えなかったが、早く大学を卒業してくれと心の底から願った。大翔が誰にも明かしたことのない紗良とのエピソードのひとつである。

（紗良には、俺がどれだけ我慢していたかを知ってもらわないと）

彼女の父を前にしても、考えるのは紗良のことばかりだ。知ってか知らずか、芳辰は「娘のことはよろしく頼むよ」と締め括り、口調を改めた。

「そういえば、警視長のよからぬ噂を耳にしたのだが。きみも知っているか？」

「……はい。警視長が捜査二課に対し、捜査を打ち切るよう圧力をかけたと……現在、人を使って調査中です」

大翔は答えながら、今日呼ばれた理由がここにあったのだと察した。もちろん紗良を気にかけているのも本当だろうが、個人的な用件で呼びつける真似を芳辰はしない。公私混同をしないところが、警視監として尊敬する部分のひとつだ。

芳辰の耳の早さに内心で感嘆し、大翔は情報の共有を求めた。

＊

大翔と同棲を始めてから一週間経った日の夜。彼は少し遅くなるということで、紗良はひとりで夕食をとった。

しんと静まり返る部屋の中にいると、少しだけ寂しく感じる。それまで実家住まいで家には誰かしらいたし、同棲してからは朝夕の食事は大翔が一緒だった。けれど、この一週間無理をさせていたのではないかと申し訳なくなる。

(もし負担になってるようなら、無理しないでって伝えないと)

食器を洗い終えると、バスルームへ向かう。このマンションの浴室はかなり広く、ジャグジーまで装備されている。つい長湯をしてしまうくらい快適だ。

紗良は湯船に浸かると、大翔との生活を振り返る。

この一週間、紗良は家事に集中した。掃除、洗濯、買い物に料理。すべてそつなくこなしていたものの、心配は尽きない。というのも、大翔は紗良のことを褒めすぎるからだ。

（大翔さんは、わたしに甘すぎる）

同棲を始めて四日目の夜、煮魚を塩辛くしてしまったことがあった。けれど彼は、『これくらいの味付けでも美味しいよ』と文句も言わずに完食してくれた。

優しい、と思う。だけど、期待されていないのか、とも感じてしまう。大翔にそんなつもりはないのはわかっている。だからこれは、紗良の気持ちの問題だ。

自分が何をしても、彼は微笑ましいというように見てくれている。まるで、親が子どもの成長を見守るかのように。

（『抱く』って宣言されたけど、全然そんな雰囲気ないもんね。大翔さんにとっては、わたしは子どものままなんだろうな）

毎日キスはしている。だが、唇に触れるだけの軽いものだったし、少なくともこの一週間、同じベッドで寝ていても大翔からは性的な気配を感じない。

「一緒に住んで、やっぱりそんな気になれなくなった、とかなのかな……」

つい後ろ向きな呟きを漏らしてしまい、ため息を零す。

同棲初日、『紗良は捕まえておかないとすぐに逃げようとするから』と言われた。それ以来、大翔は仕事から帰ると、毎日のように紗良を膝の上にのせている。思えばそれも、子ども扱いの証ではないか。

許嫁解消の前に、せめて思い出が欲しくて同棲を受け入れた。けれど、大翔自身がその気になれないのであれば、彼に無理をさせたくない。

「……出よう」

考えても答えが出ないうえに、のぼせてしまいそうだった。

バスルームから出てルームウェアを身に着けると、リビングのドアを開ける。すると、部屋着姿の大翔がソファで寛いでいた。

「大翔さん、お帰りなさい」

「ただいま」

声をかけると、振り返った大翔が笑みを浮かべて答えた。しかし紗良の姿を見てすぐに立ち上がり、「ちょっと待ってて」と一度リビングを出ていく。

不思議に思いつつも言われたとおりその場で彼を待つ。すると、戻ってきた彼はドライヤーを持っていた。

「髪、ちゃんと乾かしてないね。おいで」

「えっ！　自分でやりますから……！　大翔さんは帰ってきたばかりですし、ゆっくりしてください」

「俺がやりたいだけだから遠慮しないで。ほら、座って」

ソファに腰を下ろした大翔が、自分の足元を指し示す。さらに視線で促されてしまい、紗良はおずおずと指定された場所に座り、落ち着かない気持ちで彼に告げた。

「あの、適当でいいので……」

「駄目。乾かさないと風邪引くよ。こんなに綺麗な髪をぞんざいに扱うなら、毎日俺が手入れしたほうがいいかな」

大翔は言いながら、ドライヤーのスイッチを入れて紗良の髪に触れた。丁寧な指先の動きと優しいしぐさに、心臓が早鐘を打つ。

「熱くない？」

「はい……平気、です」

熱風が時折うなじにあたるが、熱さは感じない。それよりも、大翔に髪を乾かしてもらっている事実が紗良を動揺させていた。

（まさか、大翔さんに髪を乾かしてもらう日がくるなんて……）

ただでさえ至らないところが多いのに、大翔に世話までされては肩身が狭い。しかし、それ以上に胸がときめく。まさに思い描いていたような、許婚らしい――カップルっぽい行動をしてくれたから。

（今日のことは一生忘れないだろうな）

彼は手際よく紗良の髪を手入れしていた。指通りを確かめながら熱風から冷風にスイッチを変え、声をかけてくる。

「紗良の髪は触れ心地がいいね」

「そうですか……?」

「うん。やっぱりこれからは、俺が紗良の髪を乾かそうかな」

なぜか楽しそうに大翔が言う。本当に毎日でもやりかねない口調である。

紗良はどぎまぎしつつ、「そんなことさせられません」と肩を縮こまらせた。彼は「そう? 残念」と言うだけで、今後やるともやらないとも明言しない。

なぜわざわざ手間がかかる真似をしようとするのか。真意は測りかねるが、大翔との思い出が増えるのは純粋に嬉しかった。

(それにしても大翔さん、慣れてるな。すごく気持ちいい)

髪を梳く指の動きにドキドキと鼓動が収まらない。たまに耳殻に指が触れる感触にすら、敏感になっていた。

「終わったよ」

「……ありがとうございます。お世話をおかけしました」

首だけを振り向かせて礼を告げると、大翔に頭を撫でられた。

「この程度、世話したうちに入らないよ。もっと我儘言ってくれていいんだけどね」

「我儘なんて言えません。わたしはこの部屋に住ませてもらっている身ですし、充分よくしてもらってますから」

紗良の言葉に、大翔は目を見開いた。しかしすぐに表情を消し、じっと見つめてくる。心の中まで見透かすような強い視線だ。居たたまれずに立ち上がった紗良は頭を下げると、「片付けてきます」とドライヤーに手を伸ばす。けれどその手を摑まれ、背中から抱きしめられるような体勢でソファに座らされた。

ドライヤーをテーブルに置いた彼は、紗良の肩に顎をのせた。不服そうに「また逃げようとする」と囁き、うなじに口づけを落とす。

「んっ……」

「住ませてもらってる身、なんて……許嫁の台詞とは思えないな。紗良は自分のことを家政婦みたいな存在だと思ってるわけ？」

「そういうわけでは……」

抑揚なく問われ、つい言い淀む。

一度許嫁関係を終わらせようとしたのに同棲することを決めたのは、彼との思い出が欲しかったから。でも、この生活はそう遠くない未来に終わるんだと常に頭の片隅で考えている。それが大翔のためであり、彼を十年間縛りつけたことへの紗良のけじめだ。

「じゃあ紗良は、どういうつもりで俺と住んでるの？」

口調は優しいけれど、どことなく憤っているような響きがある。紗良が答えあぐねていると、彼は困ったように続けた。

「少しずつ俺との生活に慣れてもらおうと思っていたけど、その前にわかってもらう必要があるね。きみは、俺の許嫁なんだって」

背後から手を伸ばした大翔は、紗良の脇に腕を入れた。その手で器用にルームウエアのボタンを外していく。

「大翔さん、何を……」

驚いた紗良は、大翔を止めようとする。けれどそれよりも先に前がはだけ、キャミソールが露わになった。風呂上がりのためブラを着けておらず、ひどく心もとない。

(恥ずかしい……！)

彼の手を止めようとするも遅かった。キャミソールを捲り上げられると、剝き出しにされた双丘がふるりと揺れる。

「やっ、だ、だめ……っ」

「隠しちゃ駄目だよ。こんなに綺麗なんだから、俺に見せつければいい」

言いながら、大翔は胸のふくらみを片手で揉み込んだ。指を食い込ませるようにやわやわと揉みしだかれて、無意識に逃れようとする。けれど、もう片方の腕でしっかり腰を摑まれて身動きが取れない。

「怖いことはしないよ。気持ちよくさせるだけ」

至近距離で囁かれ、肩が上下に震える。

恥ずかしい。逃げ出したい。だけど、彼がひとりの女性として扱ってくれるなら身を任せたいとも思う。

与えられる快感の狭間で相反する感情が複雑に入り混じり、紗良の心は荒れ狂う。

（だけど……）

最後の思い出が欲しくて大翔に抱かれることを望み、一緒に住み始めたのは自分自身だ。

逡巡（しゅんじゅん）ののちに自分の願いを思い出し、紗良の身体からわずかばかり力が抜けた。すると大翔は敏感に察知したのか、ふっと笑みを漏らすと、指先で乳首を扱き始める。

「あ、んっ」

「可愛い声だね。もっと聞かせて、紗良」

「や、ぁっ……んんっ」

中指と親指で乳頭を擦られると、徐々に芯を持つのが自分でもわかる。胸の頂が硬くなるほど敏感になり、身体がどんどん火照ってくる。

大翔は腰を摑んでいた手を移動させ、両手で胸を刺激してきた。たわわな乳房を包み込み、弾力を確かめるような動きをしている。

目の前で自分の胸がいやらしい形に変わっていくのが恥ずかしい。けれど、間近で見る骨ばった彼の手や、耳もとに感じる息遣いが快感に変換され、羞恥を凌駕（りょうが）する。

（好きな人に触られるのって、こんなに気持ちいいものなんだ）

彼に胸をまさぐられている実感と、初めて覚える快感で胎内が潤んでくる。
勃起した乳頭を擦り立てていた大翔は、左右の胸をそれぞれ強弱をつけて揉み込んでいく。大翔の指先は的確に紗良の身体に変化を与え、淫熱で肌が粟立った。

「大翔さ……やぁっ」

「こんなに勃たせておきながら嫌？　それとも、もっとっておねだり？」

大翔は意地悪な口調で言うと、耳朶を軽く食んだ。両手の動きはそのままに、耳殻に沿って舌を這わせられる。

「あっ……んんっ」

舌先の濡れた感触に背筋がぞくぞくする。胸の突起は恥ずかしいくらいに硬くなり、彼の指の動きに合わせて恥部までもが熱くなっていく。

割れ目がぬるついているのを感じ、ぎゅっと膝を閉じる。確認しなくてもわかるくらいに、ショーツのクロッチが湿っている。どうしてそんな状態になっているのかを知らないほど無知ではない。だからよけいに羞恥を覚えるのだ。

「気持ちいい？」

彼に囁かれ、ぶわりと体温が上がった。

素直に認めるには勇気がいる。気持ちいいと認めてはしたないと思われたら嫌だ。でも、大翔に嘘をつきたくない。迷った紗良は小さく首を縦に動かした。

「よかった。どこをどう触れば紗良が気持ちよくなるか、俺に教えてもらおうかな」

彼は話しながら、指の腹で乳首を転がした。優しいタッチで円を描くようにいじられ、びくびくと総身を震わせる。

「んっ、ぁあっ」

「今日は指でいっぱい可愛がってあげるよ。その次は舌で全身を舐め回すから、紗良もそのつもりでね」

「ぜ、ん……しん……？」

「そう。紗良の身体を全部暴くんだ。想像してごらん？　俺の舌が、いじらしく勃ち上がっている乳首を舐めたり、閉じている足を大きく広げさせて、きみの恥ずかしい部分をじっくり観察しながら舌を這わせるところ」

愉悦混じりの声が耳朶をたたき、ショーツの中が愛蜜に塗れる。大翔の愛撫だけではなく、声や言葉にも身体が反応している。彼の言うとおりの状態を想像してしまい、胎の内側が疼きを増した。

（大翔さんに、こんなに意地悪な一面があったなんて）

わざと紗良の羞恥を煽っているような言動だ。普段は警視庁のエリート警視正としてストイックなイメージが強いのに、今の彼は投げかけてくる言葉や愛撫がとても淫らだ。そのギャップの激しさが、紗良の心を摑んで離さない。

「紗良の肌は触り心地がいいね。柔らかくて、いい匂いがして……舌で味わうのが楽しみだよ。こっちはどうなってるのかな？」

大翔の右手が腹部に下りてくる。ショートパンツの中に手を入れられそうになり、紗良は慌てて彼を止めた。

「大翔さん、そこは……だめ……っ」

「どうして？　怖い？　それとも濡れているのが恥ずかしい？」

「っ……」

正しく自分の心境を言いあてられて言葉にならない。

同棲を決めたときに大翔は『抱く』と宣言し、紗良もそれを受け入れた。けれど、実際にそういう雰囲気になると、想像していたよりもずっと勇気がいる。

しかし大翔は、「今日は直接触れないよ」と言うと、紗良の隙をついてショートパンツの中に手を差し入れた。ショーツ越しに割れ目を撫でられて腰が跳ねる。

「やっ、あぁっ」

「せっかく風呂に入ったのに濡れちゃったね。あとでもう一度俺と一緒に入ろうか？　隅々まで洗ってあげるよ」

そんなことをされたら、恥ずかしさでどうにかなってしまう。そう言いかけた紗良だが、大翔は答えを求めていないのか、ショーツの上から割れ目の上部を擦った。瞬間、それまでは違う種類の衝撃が体内を駆け巡り、大きな嬌声が漏れる。

「んっ、ああっ」

濡れたショーツの中でじくじくと花芽が疼く。彼の指に押し擦られるたびに、蜜孔から溢れ出た愛液が薄い布に広がっていく。それはショートパンツにまで染みこみ、紗良の快楽を見た目にも伝えている。

左手で乳首を摘まれ、右手で布越しに花蕾を擦られ、喜悦に塗れた胎内が強烈に疼いてしかたない。どうにか熱を逃したいのに、腰に力が入らない。

「大翔さ……ぁっ、や、ぁっ……ンンッ」

「俺に触られるのが嫌？　そうじゃないならやめてあげないよ。紗良が一番感じるここは、摘まめるほど勃ってるしね」

ショートパンツの中で蠢いていた彼の指先が、明確な意志を持って肉芽を摘まんだ。

一瞬視界が真っ白に染まった紗良は、思わず目の前の彼の腕を摑む。

「ひ、ぁ、ンンッ……そ……それ以上されたら……っ、ソファを……汚しちゃ……んっ」

「そんなこと気にしないでいいのに。けど、それならやっぱり一緒に風呂に入ろうか」

愛撫の手を止めた大翔は、紗良の両膝の裏に腕を差し入れた。驚く間もなく立ち上がると、その足でバスルームへ向かう。

「おっ、下ろしてくださ……」

「駄目。ソファが汚れるのを気にするくらいなら、最初から気にならないところですればいい。そうすれば紗良も、俺に集中できるだろうし」

会話をしながら脱衣所に入った大翔は紗良を下ろし、突如唇を奪った。

「んっ、ぅ……」

優しいキスではなく、最初から激しく唇を吸われる。彼はキスを解かずに紗良のショートパンツを引き下ろし、ルームウェアを脱がせた。抵抗の隙すらないままキャミソール一枚にさせられると、唇を離した彼が自身の衣服を脱ぎ始める。

「大翔さん……⁉」

引き締まった彼の体を目にした動揺で、とっさに両手で顔を覆って視界を塞ぐ。すると大翔がくすくすと笑った気配がした。

「風呂に入るのに服を脱ぐのは当たり前でしょ。ほら、両手を上げて」

紗良の両手を握った大翔は、優しく顔を上げるよう促した。おずおずと顔から手を離すと、その勢いで腕を持ち上げられる。

（えっ⁉）

びっくりしたのもつかの間、彼は手際よく紗良のキャミソールを取り去ってしまった。

反射的に身体を隠すように彼に背中を向けると、衣擦れの音が耳に届く。大翔が、すべて服を脱いだのだ。想像するだけで身体が熱くなり、心音が激しくなる。

「紗良、入るよ」

バスルームのドアを開けた大翔は、紗良の腕を掴んで中に入った。すぐにシャワーの湯を出し、室内に湯気が充満していく。

紗良は彼を見ることができず、胸と恥部を隠して視線を俯かせた。お互いに裸で向かい合っているなんて、この十年を考えると信じられない。石のように一歩も動けずにいると、腰を折った大翔が耳元で囁く。

「手、避けようか」

「それは……恥ずかしいです……」

「もっと恥ずかしいことをこれからするんだけどね」

シャワーを持った彼は、湯気で曇っている鏡に湯を浴びせかけた。クリアになった鏡に裸のふたりが映り、思わず目を瞑る。すると大翔は紗良の肩を抱き、鏡の前に立たせた。

「見てごらん、紗良。さっきいじったせいで、乳首が勃起してるよ。感じやすいんだね」

「そんなこと……わ、わかりません……」

「だったら、わからせてあげるよ」

シャワーヘッドをフックにかけた大翔は、紗良の手を握って背中に覆いかぶさった。

背後から鏡に両手をつくよう促し、豊かな胸のふくらみを鷲づかみにする。

「あっ、ん！」

「今度は、一緒に気持ちよくなろうか」

彼は双丘を揉みながら、背中に体重をかけてきた。自然と前のめりになり、彼に尻を突き出す格好になってしまう。

鏡に映るいやらしい姿を目の当たりにし、すぐさま体勢を立て直そうとする。けれど、尻に熱く硬いものが擦りつけられて動きが止まった。

（これって……大翔さん、の……）

それが何かを察し、意図せず身体が強張る。初めての感触に身を竦ませると、大翔は紗良の緊張を解くように囁いた。

「いきなり最後まではしないよ。紗良が俺に慣れるまでは、ね」

少し掠れた声で告げた大翔は、自身を紗良の足の間に挟んだ。割れ目に熱の塊が押しつけられ、その感触に息を呑む。

自分だけではなく、彼も欲情してくれたのは嬉しい。女性として見てもらえた気がするからだ。でも、やはり羞恥と怖さはある。それなのに、鏡に映る自分の顔は蕩けていて、なおさら恥じ入ってしまう。

「指じゃなくて、俺ので擦るだけだから。怖がらないでいい」

大翔は優しく告げながら、紗良の足を閉じさせた。太ももに存在感のある彼自身を感じて心臓が大きく撥ねたとき、硬度のあるものが肉筋を往復する。

「ん、あっ！」

硬く猛った肉槍で柔らかな花弁を擦られて、ぬちゅりと卑猥な音が鳴った。ゆるやかな動きで彼が腰を動かすたびに音が大きくなり、紗良は背をしならせる。

「は、ぁっ……ひ、ろと……さ……やぁっ、ンッ」

下肢を雄茎で行き来され、双丘は彼の手でいいようにもみくちゃにされている。ふたたび曇ってきた鏡には紅潮した自分の顔と、これまで見たことがないような高揚を見せる大翔の顔が映り込んでいる。

雄の顔をする彼を目にし、胎の奥がきゅっと締まる。背中に感じる彼の重みや肌の熱が、初めて触れ合わせた互いの無防備な部分が、紗良の脳内を白く塗り潰す。

今だけは、なんの迷いもない。ただひたすらに、大翔の熱に耽溺する。

「どう？　気持ちいい？　紗良」

わずかに呼気を乱した彼に問われ、正直に頷く。すると、肉槍の質量が増し、腰の動きが速くなった。

彼は、右手で紗良の胸を、左手で腰を掴み、膨張した自身で肉びらを擦り立てる。そうされると、雄茎のくびれが先ほど指で刺激を受けた花芽に引っ掛かり、ぴりぴりと痺れるような愉悦が生まれる。慣れないその感覚に、紗良は思わず訴えた。

「そこ……擦っちゃ、だめ……ぇっ」

「紗良の『だめ』は、『いい』としか聞こえないよ。気づいてる？　すごく滑りがいいのは、きみがかなり濡れているせいだよ。すごくエッチな身体だね」

「んんっ……ふ、ぁっ……やぁっ」

大翔の指摘は事実だった。ぬちぬちと響く淫らな水音は自分の内から溢れている愛液だったし、駄目だと言いながらひどく感じてしまっている。

胸の尖りをぎゅっと抓られながら雄茎で花弁を侵され、下肢に力が入らない。喜悦が高まって胎内が大きくうねり、目の前が霞んでくる。両膝を震わせて目の前の鏡に縋りつくと、彼の腕が腹部に巻きつけられた。

「紗良、平気？　のぼせても困るからそろそろ達こうか」

「んっ」

彼は耳朶を食みながら、腰を強くたたきつけてきた。肌がぶつかる乾いた音が浴室内に反響する。熱を帯びた身体は留まることを知らず、意識が朦朧としてくる。どこもかしこも敏感になり、全身が快楽の塊となっていく。

「あ、あ……っ、大翔さ……何か、変……に」

「大丈夫、そのまま俺に身を任せて」

大翔は紗良の腰を抱いたまま、互いの性器を擦り合わせた。濡れた花弁を何度も往復し、肉傘がぐいぐいと淫芽に食い込んでくる。悪寒に似た何かが全身を駆け巡り、紗良は喉を

撥ね上げた。

「あんっ、あぅっ……ぁあっ……！」

蜜襞が激しく収縮し、得も言われぬ感覚に襲われる。肌に水滴が流れる感触すらつらくなるくらいに過敏になり、まるで神経が剝き出しになっているかのようだった。

「達けたね、紗良。いい子」

彼に声をかけられたが、答える力が残っていない。呼吸がなかなか戻らずに、四肢から力が失われる。けれど、大翔がしっかり抱き支えてくれているため、かろうじて倒れずに済んでいる状態だ。

「これからきみを抱くまでの間、何度も達かせてあげるから。その感覚を覚えていて」

（これを……何度、も……？）

大翔の声を聞きながら、紗良の意識は薄くなっていった。

「ん……」

（身体が、重い……）

ふと目覚めた紗良は、いつもと違う感覚に首を傾げた。やけに身体が怠く、頭もぼんやりとしている。

目覚めとともに感じた重さは大翔の腕だ。紗良の胴にしっかりと巻きついている。いつもは同じベッドで寝ていても抱きしめられることさえなかったため、この状況に戸惑う。

（わたし、どうやってベッドに……あっ）

バスルームでの痴態を思い出し、一気に熱が上がる。大翔に裸を晒したうえに、とても恥ずかしい行為をしたからだ。それなのに、紗良はきちんとパジャマを着ていたし、下着も着けている。大翔が世話してくれたのだと気づき、ますます羞恥に駆られた。

彼に触れられると、気持ちよくてどうにかなってしまう。好きな人に愛撫されるのだから当然の反応だが、無垢な身体には刺激が強かった。まだ性器を擦られた感触が残っている気がして、小さく身を震わせる。

（これで本当に抱かれたら、どうなっちゃうんだろう……）

彼は紗良の恥部と自身を摩擦するだけで、挿入はしていない。にもかかわらず、体中のあちこちに大翔に触れられた記憶が刻まれている。

『これからきみを抱くまでの間、何度も達かせてあげるから。その感覚を覚えていて』

そう彼は言っていたが、こんなことが何度もあったらどうにかなってしまう。

許嫁を解消する前に思い出が欲しくて抱かれようと思ったはずなのに、心も身体も彼一色に染まってしまいそうだ。

想像して小さく身じろぎしたとき、胴に巻きついていた腕の力が緩んだ。

「……紗良？　起きたのか」

少し掠れた声で問われ、心臓が撥ねる。彼は紗良の顔をのぞき込み、柔らかく笑った。

「まだ夜中だから、ゆっくり寝てていいよ。ちょっと無理させちゃったからね」

「あ、の……パジャマ、着せてくれてありがとうございます。それに、身体も拭いてくれたんですよね……すみません」

ショーツのことはさすがに言えなかったが、礼だけは伝えたかった。羞恥に耐えつつ告げると、大翔はなんでもないことのように「当たり前だよ」と、紗良の頭を撫でた。

「無理をさせたのは俺だからね。それに俺にとっては役得だったよ。自分のせいで気を失わせてしまったけど、そのおかげできみの可愛らしい譫言が聞けたからね」

「譫言……？」

「俺の名前を呼んでくれてた。どんな夢を見ていたのかまではわからないけど、少し笑っていたから悪い夢ではなかったんじゃないかな」

夢を見ていた覚えはないから、覚醒とともに忘れてしまったのかもしれない。夢の中に大翔が出てきたのなら、きっと彼に見惚れていたのだろうと思う。

婚約破棄を申し出るまで、もうずっと長いこと彼を見てきた。

心のどこかで自分では駄目なのだと気づいていたけれど、許婚という立場にしがみついてきた。大翔が、好きだったから。

彼の重荷にしかなれない自分は、許嫁でいる資格はないと覚悟していたはずなのに。

「紗良、もうおやすみ。身体も怠いだろうしね」

大翔は紗良の背中を撫でながら、優しい声音で語りかけてくる。労わるようなしぐさと彼のぬくもりで、ふたたび瞼が重くなってきた。

（どうして……こんなに優しくしてくれるの？）

「……して」

「ん？　どうした？」

大翔に優しく尋ねられる。うとうとしている状態で何を問われているかも考えられず、夢とうつつの狭間に揺蕩いながら、紗良はほぼ無意識に声を発した。

「……わたしと……結婚なんて、したくないくせに……」

それなのに、こんなふうに優しくしないでほしい。

『ロリコンじゃない』と言うくらいに、大翔は紗良を許嫁として——いや、女性として見ていなかった。にもかかわらず、婚約破棄を告げたことがきっかけで、彼は性的に触れてくれるようになった。——好き、のひと言もなく。

（わたし……贅沢なんだ。思い出だけじゃなく、大翔さんの心が欲しいなんて……）

ずっと好きだった人と一緒に暮らし、大事に扱われると涙が出るほど嬉しくなる。望んだとおりに幸せな思い出は増えるのに、それと同じくらい寂しいなんて我儘だ。

脳裏に過ぎった自嘲は、そのまま眠りの中へ落ちていった。

＊

自分の腕の中で眠る紗良を抱きしめていた大翔は、彼女の言葉に固まっていた。

(『わたしと結婚なんてしたくないくせに』……？　たしかに紗良はそう言ったよな)

正直、なぜ彼女がそんなことを言うのか見当がつかない。婚約破棄を告げられて以来、それまで紗良をあまり構えなかったのを反省し、できる限り彼女との時間を作った。もちろん、それで今までの不義理が払しょくできたとは思っていない。けれど、一緒に住み、紗良への愛情を包み隠さずにわかりやすく表現していたつもりだ。

(それが、どうして紗良と結婚したくないなんて思われてるんだ？)

まったく身に覚えがない大翔は困惑し、華奢な彼女の肩に顔を埋める。

紗良には、『抱く』と宣言している。ただし、身体が弱いこともあり、少しずつ慣れさせていこうと思った。大翔がいる生活が当たり前の状況になれば、結婚に前向きになってくれると考えていた。

(俺は、まだ……紗良に信用されていないんだろうな)

今、紗良がこうして腕の中にいてくれるのは、大翔の祖母・扶美子と懇意にしているのも無関係じゃないだろう。優しい彼女は祖母の願いを叶えるために、婚約破棄しようとしていた男と同棲を決めたのだ。

紗良の優しさに付け込んでいる自覚はある。だが、今さら手放せない。彼女の大学卒業をどれほど大翔が待ちわびていたかなんて、きっと誰もわかっていない。

（簡単には失った信頼は取り戻せないってことか）

紗良と一緒にいる時間を増やせば、許婚を解消しようなんて考えはなくなると思っていた。今まで触れられなかった分まで触れ合い、求めていることを知ってもらえば紗良も想いを返してくれるだろう、と。

しかしそれは、傲慢な考えだったと思い知る。

この十年間、まっすぐな好意を向けてくれた彼女だから、少しへそを曲げているだけだと高を括っていたのかもしれない。大翔が望めば、すぐにまたこれまでのように気持ちを返してくれるだろうと驕っていたのだ。

「……ごめん、紗良」

眠っている彼女に懺悔し、心を改める。まずは、信頼を回復すること、これに尽きる。

そのためには、根気よく紗良を口説き落とす必要がある。

（もう一度、俺を受け入れて）

二度と離れようなんて思えないくらいに、自分に傾倒させてしまいたい。憧れ、という生温い感情ではなく、男女の情愛が欲しい。紗良が学生の間は見守るだけに徹していたが、もうなんら遠慮の必要はない。

けれど、自分はまだ信頼すらされていない。その間に紗良がほかの男に目をつけられでもしたら——考えるだけで、仮想の男に嫉妬しそうだ。

紗良は四月からアルバイトが始まる。大学に通っていたときよりも、関わる男は格段に増えるに違いない。その分、大翔の心配が増していることに彼女は気づいていないだろう。

(こんなに可愛い紗良が、ほかの男に言い寄られないわけがない。その前に、虫よけしておく必要があるな)

仕事では冷静に対処できる自負がある。警視庁に採用されて以来、酸いも甘いも噛み分けて階級を上げてきた。それこそ、紗良には言えないような真似だって成果を挙げるためには厭わず行ってきた。

しかし、いくら仕事で成果を挙げたとしても、大切にしてきた紗良にそっぽを向かれては意味がない。大翔は紗良を離すまいとするように、抱きしめる腕に力をこめた。

翌朝。まだ眠っている紗良をベッドに残し、大翔はキッチンへ向かった。朝食を作りながら、紗良と距離を縮めるための算段を練るためだ。

このところ、ずいぶんと暴走している自覚はある。紗良に触れると、それまで強固な鎖で戒めていた欲望が解き放たれるのだ。婚約破棄を言い出された焦りと、彼女が手元にいることに浮かれていたのとで、触れずにはいられなくなっている。

（結婚前提に同棲を始めてすぐに手を出すなんて、身体目当てみたいじゃないか。やっぱり手順を踏んで、信頼してもらうしかないな）

大翔は、紗良をデートに誘うことにした。うやむやになっているが、まだアルバイトが決まったお祝いもしていないからだ。

場所は、健全なところがいいだろう。紗良の希望を考えると、やっぱりテーマパークが妥当な選択だ。

そう思ったのは理由がある。紗良が高校生のときのことだ。体調を崩した彼女は、修学旅行をキャンセルして自宅で休んでいた。

祖母から状況を聞いた大翔は、許嫁として見舞いに行った。きっと落ち込んでいるだろう紗良を慰めようとしたのだが――彼女は、そんな素振りを見せなかった。

「大翔さん、すみません。わざわざ来ていただいて……わたしは、いつもの発熱です。たいしたことはないので、心配しないでくださいってお祖母様にも伝えてください」

大翔が祖母から情報を得て見舞いにきたことを紗良はわかっていた。

彼女は幼いころから周囲に心配されてきたからか、年を重ねるにつれて気遣われないよう振る舞っていた。だから大翔も、祖母から聞かなければ、紗良が寝込んでいることを知らなかっただろう。

「修学旅行、残念だったね。祖母もだけど、俺も心配しているよ」

申し訳なさを覚えつつ、紗良に声をかける。具合が悪いときにも自分や祖母を気遣う彼女がいじらしかった。

まだ幼さが残る顔立ちだが、精神的に紗良は大人だと大翔は思っている。

『わたしのことは妹だって言ってもらって構いません。高校生が許嫁だって知られたら恥ずかしいと思うので』

高校に入学したばかりの紗良の言葉を、大翔は額面どおりに受け取っていた。しかし、彼女がどんな気持ちで言ったのか気づくべきだった。

(紗良は、自分を押し殺すことに慣れている)

自分になんら非がないのに、彼女は『高校生が許嫁』だと大翔が恥ずかしい思いをすると考えている。実際、許嫁だと言われて困ったのは確かだが、それは大翔の問題だ。紗良が気にするべきところじゃない。

「修学旅行の代わりにはならないだろうけど、今度俺とどこか遊びに行こうか」

大翔の提案に、紗良は目を丸くする。

「……ありがとうございます。でも、気にしないでください。大翔さんに迷惑をかけるわけにいきませんから」

「迷惑なら、最初から言わないよ。俺は、きみが行きたい場所に連れていきたいんだ」

彼女に対し、あまり強く出たことはない。年齢が離れていたし、どちらかといえば保護者の立場で接していたから。

けれど、このときだけは自分でも意外なほど紗良の望みを聞き出そうとした。彼女に遠慮をさせたくないのに、そうさせてやれない自分がもどかしかった。

「わたし……テーマパークに行きたいんです。でも、友達と行って出先で具合が悪くなったら迷惑をかけてしまうので、今まで行けなくて」

「わかった。それなら、俺と一緒に行こう。車で行けば体調を崩しても休むことができる。紗良ちゃんの体調がよくなったら休みを取るから、早く回復するようにちゃんと寝てるんだよ。いいね？」

「ありがとうございます……」

嬉しそうに微笑んだ彼女の表情に、なんともやりきれない気持ちになった。たったこの程度のことで紗良が笑顔になるなら、もっと早くにどこへでも連れて行ってやればよかったと思う。

（……でも、結局、紗良をテーマパークに連れていけなかったな）

懐かしい記憶を掘り起こしていた大翔は、朝食をテーブルに並べながらため息をつく。

約束を交わして三日後に回復したと連絡があり、テーマパークへ行く運びとなった。けれど、今度は大翔の都合がつかなくなってしまい、結局出かけることはできなかった。埋め合わせに別の場所へ誘ったが、彼女は『気にしないでください』と笑うだけだった。おそらく紗良は、こういう小さな積み重ねで大翔に愛想を尽かしたのだ。

実際、仕事中心の生活で、彼女のことを気にかける時間は少なかった。〝大事にしてくれていない〟と誇られてもしかたのない行動だ。

(今度こそ、同じ間違いは犯さない)

大翔は朝食の準備を終え、リビングのチェストに目を向ける。引き出しの中には、紗良の大学卒業のお祝いの席で出せなかった婚約指輪が入っている。婚約破棄の回避を第一に考えて、まだ紗良に渡せていない。

(あのとき行けずじまいだったテーマパークに連れて行こう)

今さらだと思われるかもしれない。だが、紗良の信頼を得るためには、過去の少ないやり取りからヒントを見つけていくしかない。

寝室に入ると、紗良は眠っていた。昨夜の行為で、体力を消耗させたのかもしれない。

(まだ寝かせてあげたいけど、そろそろ時間だ)

ベッドの縁に腰を下ろした大翔は、紗良の耳朶に唇を寄せた。

「紗良、起きて」

「ん……」

「起きないとキスするよ」

耳もとで囁くと、紗良はゆっくりと瞼を上げた。何度か目を瞬かせて大翔を見ると、ハッとしたように飛び起きた。

「お、おはようございます、わたし、寝坊して……」

「おはよう。寝坊ってほどじゃないから安心していいよ」

紗良があたふたとしている姿は愛らしく、大翔は口もとを緩ませる。

「すごい勢いで起きたね。そんなにキスしたくなかった？」

「そういうわけ、では……大翔さんの顔が近くて……驚いて」

「じゃあ、キスしてもいいんだ？」

紗良の頬に手を添えた大翔は、触れるだけのキスを唇に落とした。リップ音をさせて唇を離すと、彼女は大きな目を見開いている。

「目、覚めたみたいだね。よかった。どこか身体の調子悪いところはない？」

「え、あ……はい。大丈夫です……」

「それじゃあ朝食の準備をしてあるから、準備をしたらリビングにおいで」

大翔は紗良の頭を撫で、寝室を出た。

体調を尋ねたのは純粋に心配してのことだったが、紗良は昨晩の行為を思い出したのか頬を赤くしていた。そんな顔を見せられては、朝から盛ってしまいそうだ。

紗良を大事にしたい。けれど、近くにいると触れたくなる。先ほどキスしたのも、寝起きの姿が愛しかったからだ。自分でもとんだ浮かれようだと思うものの、改める気はない。

「お待たせしました。すみません……大翔さんに朝食を作らせてしまって」

身支度を整えた紗良がテーブルの対面に座り、申し訳なさそうに肩を縮こまらせる。大翔は笑みを浮かべ、食べるよう促した。

「どうぞ、召し上がれ。といっても、簡単にできるものしか作っていないけれどね」

今朝作ったのは、トースト に目玉焼き、サラダとコーンスープというシンプルなものである。もともと大翔は、時間があるときは自炊している。警察官として、健康管理も仕事のうちだからだ。

そう凝ったものは作らないが、家事は苦にならない。紗良と同棲するようになってからは仕事が立て込んでいたこともあり、ほぼ彼女に任せていたのだが。

「大翔さん、お料理上手ですよね……引っ越したときに作ってくれたカレーも美味しかったですし」

「褒めてくれるのは嬉しいけど、俺も完璧な男じゃない。前も言ったけど、料理だってたいそうなものは作れないよ。煮る、とか、焼く、とか、刻んで鍋に入れるだけみたいなのをたまに作るだけだしね」

「それでも、すごいです」

「そう？　でも俺たちはこの先も長く一緒にいるんだし、家事はきみにだけ任せるんじゃなく俺も一緒にできればばって思うよ」

さらりと〝未来〟を匂わせる発言をすると、紗良が照れくさそうに目を伏せる。

（紗良を逃がさないように、こうして囲い込んでいけばいい）

トーストをかじりながら腹黒いことを考えた大翔は、表面上はそうと見えないように笑みを浮かべる。

紗良はまだ若い。今はまだ、大翔をヒーローのように見ているが、この先いい男と出会って恋をする可能性はゼロじゃない。

もちろんそんなことになる前に手は打つ。そのための同棲であり、スキンシップであり——婚約指輪だ。

朝食を食べ終えた大翔が紗良を眺めながら考えていると、「大翔さんは食べるのが早いですね」と感心された。

「わたし、時間をかけすぎですよね……すみません」

「気にしないでいいよ、そんなこと。紗良が特別遅いわけじゃない。俺の祖父も、昔祖母によく言われていたらしいよ。『もっとゆっくり食べればいいのに』って。でもこれは、警察学校時代から染み込んでいる癖だから、なかなか直らない」

大翔は苦笑すると、警察学校の大まかな時間割を話した。

朝六時に起床、身支度を整えて校庭に集合。点呼確認のあとに国旗掲揚。その後、体操を行って一キロのランニングをする。それらの時間は細かに決められているため、少しでも遅れた場合は班の連帯責任になる。

「食事の時間もちゃんと割り当てられているけど、悠長に食事をしている暇はない。そのあとに控えている授業の準備があるからね。警察学校は、自衛隊よりも厳しい規律だって一部では言われているくらいだ」

時間を短縮できるのが食事だけだから、自ずと早飯になる。

警察学校を卒業し、各部署へ配属されてもそれは変わらない。警視庁の食堂では、悠長に食事をしている警官の姿はまず見られない。

「まあ、ある程度役職が上がれば、会食なんかの機会もあるからね。人前では気をつけてゆっくり食べるようにしているけど」

「それじゃあ……以前、わたしと食事に行っていたときも、だいぶ気を遣ってくれていたんですね」

学生時代にふたりでランチをしたときのことを思い出したのか、紗良が難しい顔をする。

大翔は「そうだね」と素直に認めると、「でも」と続けた。

「俺にとって、それは当たり前のことだから」

「当たり前……？」

「相手に対する礼儀でしょ？　紗良と一緒に食べていて、俺だけ先に食べ終わったら急かされているような気持ちにさせてしまうからね。今は家だからちょっと気を抜いていたけど、基本的に紗良と過ごすときはゆっくりしたい。だから、食事のスピードに気をつけるのは俺にとっては当然なんだよ。おそらくきみのお父さんやお祖父さんも、俺と同じなんじゃないかな？」

彼女は、ちょっとのことでも自分を責めてしまう。幼いころから虚弱体質で、『周囲に迷惑をかけている』と負い目があるからだ。だから大翔は、何気ない会話の中でも、『気にしなくても大丈夫』だと伝えることにする。彼女の信頼を得るために。

「……そういえば、祖父や父と食事をしていても、早いと感じたことはありませんでした。大翔さんに言われなければ、いまだに気づけなかったと思います」

紗良は、「気づかせてくれてありがとうございます」と、大翔に礼を告げた。こういう彼女の律儀な性格も、大翔が惹かれる要因のひとつだ。

「今度、デートしようか」

「え……っ」

脈絡のない誘いに、紗良は驚いている。大翔はにっこりと微笑むと、壁にかけてあるカレンダーを指し示した。

「紗良は四月からアルバイトだったよね。曜日は決まってたっけ？」

「はい。月水金の週三日です。たまにほかの人の代わりにシフトに入ることもあるって聞いています」

「それなら土曜日がいいかな。デートをしても翌日休めるし、身体に負担もかからない」

どんどん話を進めていく大翔に、紗良は困惑しているのか首を傾げる。

「大翔さん、どうしたんですか？　急にデートなんて……」

「俺たちは、もっとお互いを知ったほうがいいと思って。俺のことも知ってもらいたいし、紗良のことも教えてほしい。駄目？」

「……駄目では、ないです」

「よし、決まり。必ずデートしよう。もう紗良をがっかりさせないから」

宣言した大翔は、ちらりと婚約指輪が入っているチェストに目を向ける。

彼女を喜ばせ、そのうえでプロポーズする。心に決めると、デートの日は絶対に休みを取ろうとひそかに決意した。

4章　きみが好きだよ

　人々の目を楽しませていた桜が散り、若芽が出始めたころ。紗良は大翔の運転する車で出かけることになった。

　運転席の大翔をちらちらと眺めながら、落ち着かない気持ちで視線を彷徨わせる。

（本当にデートしてくれるなんて……お仕事は大丈夫なのかな）

『デートしよう』と彼に誘われたのは、半月ほど前の話だ。そのときは、なぜ彼がそんな気になったのか戸惑ったが、遠慮する間もなくスケジュールを決められていた。

　けれど、きっと約束は果たされないだろうとも思っていた。

　ピラミッド型の組織体系である警察において、階級が上がるほどに責任も重くなるのだと祖父や父から聞いたことがある。

　実際、大翔も例外ではない。着々とキャリアを重ねていき、今や警視正だ。現在は捜査一課をまとめ、指揮する立場にあるという。それは紗良が思うよりも、ずっと大きなプレッシャーになっているだろう。

（それなのに、大翔さんは最近わたしを構ってくれる）

忙しい彼の手を煩わせては申し訳ないと思うのに、それでも紗良は彼とデートできる嬉しさに抗えなかった。学生時代は望んでも叶わなかったことだからだ。

（しかも、場所がテーマパークだなんて……）

大翔が選んだデート先は、紗良が昔行きたがっていたテーマパークだ。学生のころ、紗良はこういった場所に足を運んだことがない。体調が悪くなり、周囲に迷惑をかけるのが嫌だったからだ。

高校の修学旅行もそうだった。発熱して結局旅行に行けなかったが、そんな紗良を憐れんだのか、見舞いにきた大翔がテーマパークに連れて行くと約束してくれた。

約束は果たされなかったが、紗良はそれでもよかった。彼が、自分のために時間を取ろうとしてくれたことが嬉しかったのだ。

「紗良、見えてきたよ」

過去に思いを馳せていると、大翔に声をかけられる。彼の言うように、前方にはテーマパークのシンボルになっている巨大観覧車が見えてきた。

「わあ……！」

紗良は思わず感嘆の声を上げた。友達が遊びに行ったときの写真や動画などでは見ていたが、実際に目にすると迫力が違う。

様々なアトラクションも楽しみだが、観覧車はひそかに憧れていた。友人から聞いたジンクスに心惹かれたのだ。

『恋人同士で観覧車に乗って頂上でツーショット写真を撮ったらそのふたりは別れない』

高校生のときに聞いたその話は、今となってはベタだと思うけれど、やはり憧れはある。大翔と一緒に乗れればいいと、当時は夢見ていたから。

（しっかり記憶に刻んでおこう）

このデートは扶美子に頼まれたわけじゃなく、大翔の意思によるものだ。紗良にとってはそれが何よりも嬉しくてたまらなかった。

それから五分ほどで、テーマパークの駐車場に入った。弾んだ気持ちで車を降りると、大翔がさり気なく手を握ってくる。

「大翔さん……？」

「デートだからね。俺と手をつなぐのは嫌？」

「嫌じゃないです、けど……」

紗良は小柄で、彼とは身長差がある。手をつないでいると、大人と子供にしか見えない。それに、もしも大翔の知り合いに見られたら、彼が恥ずかしい思いをするのではないか。

そんなことを伝えたところ、大翔がにっこりと微笑んだ。

「嫌じゃないならこのままで。俺たちは許嫁で、きみはもう学生じゃない。人前でイチャついたってべつに問題ないし、知り合いがいたところで俺は気にしないよ」

彼の笑顔に、なぜか逆らえないような圧を感じた。口調も行動も穏やかで紳士的なのに、人を従えるような圧迫感だ。大翔の置かれている立場ゆえだろうか。

さりげなく指を絡められ、どぎまぎしつつ入場ゲートへ向かう。

今日この日のためにクローゼットを引っ掻き回して選んだのは、フェミニンなレースのチュニックの七分袖のトップスに、幅広のデニムである。彼との身長差がなるべく目立たないように、少しヒールの高い靴を合わせた。

大翔はシンプルなシャツにブラックデニムといういで立ちだが、もともと端正な顔立ちと均整の取れた体躯(たいく)だから何を着ても似合っている。むしろ、飾り気がないからこそ素材のよさが引き立っていた。

「ん？　どうしたの？」

つい見惚れていると、彼と目が合う。それだけで心臓が躍り、赤面しそうになる。

「なんでもないです……」

「そう？　もし具合が悪くなったらすぐ言うこと。いいね？」

「わかりました。……大翔さんは、心配性なんですね。保護者みたいです」

何気なく告げると、彼はふっと目を細める。

「俺が本当に保護者なら、きみにいやらしい真似をしたりしないよ」

「……っ！」

絡めていた指先で意味ありげに手の甲を撫でられ、ますますドキドキした紗良は、大翔の顔が見られなくなる。この十年間で見た彼とは全然違う最近知った彼の雄の顔だ。

（……優しいところは変わらないけど……こんなふうに軽口を言われたことなんてなかったな。わたしは、大翔さんのことを全然知らなかったんだ）

しみじみと感じながら、入場ゲートを潜り抜ける。

大翔は、チケットを事前に用意してくれていた。パーク内でも紗良のペースに合わせ、ゆっくり歩いてくれる。ごく自然なエスコートだ。彼と一緒に来られた喜びで鼓動は弾み、笑顔が多くなっていく。

「どこから回ろうか。乗りたかったアトラクションはある？」

「そうですね……いっぱいありすぎて……」

「それなら、近い場所から片っ端に回ってみようか」

ガイドマップを広げた大翔が、現在地を指さす。こんな何気ないやり取りですら、特別なことに思えて気分が高まる。夢見ていた恋人のデートそのものだからだ。

彼を見上げれば視線が絡み、微笑んでくれる。当たり前にとなりを歩けるだけで、紗良はどうしようもなく幸せだった。

パークの賑（にぎ）やかな空気感も相まって、足取りも軽やかに進んでいると、制服姿のスタッフを発見した。

（あっ！　あの制服かっこいい）

ジェットコースター前にいる男性スタッフに目を引かれ、つい笑みが浮かぶ。アトラクションのイメージやカラーに合わせた衣装は、見ているだけで楽しめた。

制服が大好きなこともあり、外出先で目を奪われることも多くある。もちろんその中でも大好きなのは、警察官の制服だ。紗良の中では不動の一位である。

うきうきしながら見ていると、不意に足を止めた大翔が紗良の顔をのぞき込んだ。

「デート中に、ほかの男に見惚れたらだめだよ」

「え？」

「ジェットコースター前にいるスタッフのこと、やけに熱心に見ていたから」

「そ、そういうわけじゃありません……！　ほかの人というか、制服がかっこいいなって思っていただけで……すみません」

大翔に指摘され、恥ずかしく思いながら説明する。少し意識を逸らしていただけなのに気づかれるなんて驚いてしまう。

彼は、「その答えは想像してなかったな」と、興味深そうに笑った。

「紗良は制服が好きなんだ？　初めて聞いたよ」

「はい。制服を着て働いている人たちを見るのが好きなんです。でも、やっぱり一番好きなのは警察官の制服です。幼いころから見ていたので、馴染みがあるというか」

「ふうん。俺は制服じゃないし、紗良の好みとは外れてるってわけだね」

残念そうに告げられて、なんと答えていいか迷ってしまう。

（ここで『制服に関係なく好み』だなんて言えないし、だからって『好みじゃない』とは嘘でも言いたくないし……）

心の中でぐるぐる考え始めると、大翔が可笑しそうに目尻を緩める。

「ごめん、そんなに本気で悩ませると思わなかった」

「からかったんですか？」

「違うよ。紗良の好みじゃないのが残念なのは本当。だけど、そのあとの反応が可愛くてつい笑っただけ」

大翔の笑顔を目の当たりにし、心臓が撥ねた。

許婚の解消を言い出すまで、どれだけ望んでも得られなかった時間を過ごしている。それはとても贅沢なことだ。

大翔と一緒にいると、〝好き〟という気持ちがどんどん増えてくる。彼との些細なやり取りでさえも胸をときめかせ、一喜一憂している自分がいる。

（やっぱり……大翔さんが、大好きなんだな、わたし……）

もう何度思ったかしれないが、彼を好きだという気持ちは毎日上書きされている。許嫁として過ごした十年間よりも、婚約破棄を申し出てからのこの数か月のほうが、ずっと大翔と濃密な時を共有しているからかもしれない。

「紗良、ジェットコースターとコーヒーカップがあるけど、どっちにする？」

考えを巡らせていると、大翔に問われる。紗良はふたたび思考することになった。

（大翔さんも楽しめるアトラクションってなんだろう？　あんまりメルヘンなものに付き合わせても申し訳ないしな……）

自分が一番乗りたいのは観覧車だが、着いてそうそうに乗るのもどうかと思う。かといって、テーマパーク内はメルヘンチックな装飾や演出のアトラクションも多く、大翔が楽しめないだろう。

「……大翔さんはなんのアトラクションが好きですか？」

「俺は、あれかな」

大翔が指さしたのは、お化け屋敷だった。意外な答えに、紗良は思わず質問する。

「お化けが好きなんですか？」

「そういうわけじゃないけど、暗い場所でなら、紗良も遠慮なく俺とイチャイチャできるんじゃないかと思って」

（イチャイチャ……!?　お化け屋敷ってそういう場所なの？）

ひょっとして、大翔は恋人とお化け屋敷に入ってイチャイチャした経験があるのではないか。そう思うと、顔も知らない元カノに嫉妬してしまう。

「どうする？」

「……行きます」

紗良の返事を聞いた大翔は、答えはわかっていたとばかりにお化け屋敷へと歩き出す。

これでは、元カノに対抗したみたいだ。

完全に勢いで返事をした紗良は、心の中でうなだれた。

（大翔さんの過去に嫉妬してもしかたないのに）

彼は、今の紗良と同じ年齢のときにひと回り違う子どもが許嫁になり、十年間その立場でいてくれた。たとえその間に何をしていようと、責める権利は紗良にない。

（二十代のほとんどを、わたしのために無駄にさせてしまった）

この十年、大翔にも心惹かれた人がいるかもしれない。にもかかわらず、優しい彼は紗良を責めない。それどころか、許嫁でいてくれる。

（大翔さんは、優しい。だからわたしは……大翔さんには幸せになってほしい）

紗良の中で、揺らぐことのない真実の気持ちである。

アトラクションの入口まで来ると、大翔がふっと微笑んだ。

「お化け屋敷か。どんな感じか楽しみだね」

おどろおどろしい入口の装飾を前にしているとは思えないほど、さわやかな笑顔だ。なんだか紗良は可笑しくなって、つられて笑ってしまった。

（今は……この時間を楽しまなきゃ）

大翔を見上げると、「楽しみです」と笑顔で答える紗良だった。


その後ふたりは、お化け屋敷を皮切りに、様々なアトラクションを楽しんだ。ジェットコースターやフリーフォールなどの絶叫系にも乗ったし、メリーゴーラウンドやコーヒーカップといったメルヘンな乗り物にも大翔は付き合ってくれた。

お昼を挟んであちこち回っているうちにどんどん楽しくなってきて、全力でテーマパークを満喫していたのだが。

「大丈夫ですか？　大翔さん」

陽が少しずつ傾き始めたとき、二度目のフリーフォールに乗った大翔は少しばかり疲労していた。「ちょっと休んでいい？」と言われた紗良は、大慌てで近くのベンチで休憩しようと提案したのだった。

「体力には自信があるんだけど、フリーフォールを二回は無理だった。紗良は平気？」

「はい。アルバイトを始めたこともあって、だんだん体力もついてきたんです。もう少ししたら、力こぶが作れるって先輩に言われました」

紗良が両腕の肘を曲げて力こぶを作る真似をすると、大翔が苦笑する。

「たくましくなったな、紗良は。でも、無理しちゃ駄目だよ」

「無理なんて……」

「ヒールが高い靴だから、足が疲れてるんじゃない？」

「え……」

「さっきから、足を引きずるような歩き方をしているから」

大翔の視線が紗良の足元に落とされる。たしかに、彼と並んで釣り合いが取れるような靴にしたため、疲れがあったのは事実だ。

（気づいてたんだ……大翔さん）

彼が『少し疲れた』と言ったのも、紗良を気遣ってのことかもしれない。

「大翔さんは……優しいですね」

思わず口にすると、彼は不思議そうだった。

「俺からすれば、紗良のほうがよっぽど優しいよ。毎年、バレンタインや誕生日には必ず手作りのプレゼントをくれる。たしか許嫁になる前だったかな？　プレゼントと一緒に、『好きです』って手紙をくれたの」

「わ、忘れてください。あのときは……子どもだったんです」

紗良は赤面しそうになる頬を隠すように俯き、自分が小学生だったころの出来事を思い返す。

当時は、大翔と話せるだけで浮かれていた。大人で紳士的な振る舞いの彼は憧れの存在で、会えた日は胸が躍って興奮していた。

考えなしだったと、今は思う。小学生に告白された大翔も返答に困ったに違いない。『ありがとう』とは言ってくれたものの、紗良が本気で告白したとは思わなかっただろう。

時を経たことで周囲が見えるようになり、ようやく現実を受け入れる覚悟ができた。だからこその許嫁解消だ。

「忘れないよ」

大翔の声に顔を上げると、彼は穏やかに続けた。

「たしかにきみは子どもだったけど、俺は屈託のなさに癒やされていたよ。だんだん成長していく紗良を見ているのは微笑ましかった」

「……ありがとうございます」

やはり大翔の感想は、家族の抱く愛情と似ている。複雑な思いで礼を告げると、彼はどこか面白そうに紗良の顔をのぞき込む。

「昔から見ていたから、紗良のことはなんでも知っているつもりだったけど、そうじゃないんだって最近気づいたよ。制服が好きだなんて初めて知ったし、お化け屋敷でも全然怖がらなかったのが意外だった」

「『この世で一番怖いのは人間』だって祖父や父の口癖で……お化けなんて怖くないって言われたんです。これでも小さいころは怖がりだったんですよ」

お化け屋敷に入ったとき、紗良は悲鳴のひとつも上げなかった。まるで散歩でもするかのように大翔と歩き、『お化けのメイクは何時間くらいかかるんでしょうね。迫力あります』と冷静に言い、彼を驚かせている。

その結果、特にイチャイチャすることもなく、ごくふつうにお化け屋敷を出ていた。

「怖がる紗良をお化けから守って好感度を上げようとしたんだけど、失敗したな」

「……もしかして、過去にそういう経験があったんですか？」

軽い口調で告げる彼に、反射的に問いかける。一瞬目を見張った大翔は、「ないよ」と即答した。

「この年になるまで誰とも付き合ったことがないとは言わない。でも、テーマパークに一緒に来た女性は紗良だけだ。きみがどんなアトラクションが好きで楽しめるのか、これでも悩んで行動してる。きみが相手じゃなきゃ、楽しませたいなんて思わないよ」

大翔の指先が、紗良の頰に触れる。胸の鼓動が高鳴り、彼から目が離せない。

いつだってそうだ。大翔は些細な言動で、紗良の心をたやすく攫ってしまう。

「……そろそろ行こうか。このままだと、キスしたくなる」

「えっ……」

「心配しなくても、人目のある場所ではしないよ」

立ち上がった彼は、紗良に手を差し出した。その手を自然と取ると、指を絡められる。もうすっかり大翔と手をつなぐことに慣れてしまった。彼は促し方がとても上手く、紗良がためらう暇を与えない。

「次は、あれにしようか」

大翔が指さしたのは、観覧車だった。「鉄板でしょ」と言う彼に頷きながら、内心でドキリとする。観覧車にまつわるジンクスの話を思い出し、乗りたいと思っていたからだ。

（でも、大翔さんにとっては深い意味なんてないよね）

少しずつ空がオレンジに染まる中、彼にエスコートされて観覧車に乗り込む。約十分で一周するというゴンドラの中で、なぜか大翔は紗良のとなりに座った。紗良は困惑し、遠慮がちに彼に問う。

「あの……こういうときは、向かい合うんじゃないんですか？」

「恋人同士ならとなりに座るほうがいいでしょ？　というよりは、ただ単に俺がきみのとなりに座りたいだけ。さすがに、膝抱っこはしないけど」

彼はよく、部屋のソファで紗良を膝の上に乗せていた。身体が密着するし、大翔の顔が近くてとても緊張するのだが、優しく頭を撫でてくれる彼の手つきが好きだった。彼との思い出として、心に刻んでいることのひとつだ。

「……大翔さんは、膝抱っこが好きなんですか？」

「紗良限定でね。膝の上にきみがいると、触れやすいから」

甘やかに微笑まれ、声を詰まらせる。彼の顔が直視できない。密室だから逃げ場もなく、紗良は視線を落ち着きなく彷徨わせた。

ゴンドラはいつの間にか、パーク全体を見渡せる高度まで上がっていた。夕日を浴びる園内はロマンチックな雰囲気を漂わせ、昼間とは違う景色を演出している。

身体が弱かったため、幼いころから制限の多い生活を送ってきた。学生時代に友人と遊んだ思い出もほとんどない。

だが、今日彼と一緒にテーマパークに来られたことで、これまで感じていた寂しさが上書きされた。この場をデートに選んでくれた彼の気持ちに、紗良は感謝を伝える。

「……ありがとうございます、大翔さん。今日ひとつ願いが叶いました。わたしずっと、こんなふうに日が暮れるまで遊んでみたかったんです」

「これからは、紗良の希望は全部俺が叶えるよ。約束する」

大翔は微笑むと、ポケットから携帯を取り出した。

「せっかく頂上まで上がったことだし、写真を撮ろうか」

おもむろに紗良の肩を抱き寄せた彼は、携帯を頭上に翳（かざ）す。

「『恋人同士で観覧車に乗って、頂上でツーショット写真を撮ったらそのふたりは別れなけたんだ」

い』——そういうジンクスがこの観覧車にあるって、パークを紹介しているブログで見か

思いがけないことを告げられ、紗良は驚いた。ひそかに憧れていたジンクスだが、大翔には伝えていなかったから。

（大翔さんは、パークの情報をわざわざ調べてくれたってこと……？）

「ほら、もっと俺にくっつかないとカメラに収まらないよ」

「は、はい……」

紗良の胸は喜びでいっぱいになり、微笑んで彼に寄り添った。シャッター音が聞こえると、大翔が画面を見せてくれる。

「なかなか上手く撮れてるね」

「その写真、あとでわたしにも送ってもらっていいですか？」

「もちろん。ジンクスを達成した記念だしね」

大翔は携帯をポケットへ戻すと、紗良の頬に指を這わせた。

「さっきできなかったことを、今してもいい？」

端正な顔が徐々に近づいてくる。薄く唇を開いた彼に誘われるようにして目を閉じると、わずかの間ののち、柔らかい感触が唇に触れた。

「ん……」

ふたりきりのゴンドラの中、頂上から見える景色に意識を向けることなく大翔のキスに没頭する。

唇の合わせ目から割り入ってきた舌先に上顎を撫でられて肩が揺れると、彼に後頭部を押さえられ、より深く口づけられた。

こうして触れ合っていると、いつも夢中にさせられる。自嘲しながらも、紗良は好きな人とのキスに抗えずに彼の胸にぎゅっと縋った。

十年間の片思いを経て、彼の今後のために許嫁を解消しようとした。けれど、それを契機に今度は大翔から追いかけられている。だから、胸が痛む。

自分と結婚することが、彼にとって最良の選択だとは思えない。そんなに自信家ではないし、紗良よりも大翔にふさわしい人はたくさんいる。

それでも。キスをしたり優しくされたりすると、彼が自分を好きになってくれればいいと夢を見たくなる。

（往生際が悪いな、わたし……）

キスや愛撫を施され、どれだけ甘い言葉を囁かれても、大翔が紗良を求めている保証にはならない。そこに含まれている彼の気持ちが、〝好意〟だと思えないからだ。

大翔は紗良を『好き』だと言わない。性的に触れても、一度として言葉はくれなかった。

紗良が欲しいのは、保護者のような愛情じゃない。ずっと、ひとりの女性として見てもらいたかったのだと思い知る。

「紗良……どうした？」

唇を離した大翔が、怪訝な顔をする。何を問われているかわからず彼を見つめると、気遣わしげに頭を撫でられた。

「キス、嫌だった？」

「いいえ……」

「それじゃあ、体調が悪くなった？」

「……違います」

「なら、どうしてそんなに苦しそうな顔してるの？」

どこまでも優しい彼の言葉に、胸が締めつけられる。

同棲生活も、今日のデートも楽しかった。望んでも叶わなかったことが叶えられ、紗良の心に一生残る記憶として刻まれた。

このまま大翔の本音を見て見ぬふりをしていれば、いずれ彼と結婚できるだろう。けれど、それでは十年もの間許嫁でいてくれた大翔に対し、あまりに不誠実だ。

「わたし、今日、すごく楽しかったです。一生忘れません。一緒に住み始めてから、たくさんの思い出をもらいました。感謝してます」

紗良の言葉に、大翔は訝しげに目を眇めた。

「まるで、お別れするときみたいな台詞だね」

「そのつもりです。結婚する気になれないのに、このまま大翔さんと一緒にいるのは申し訳ないので……同棲は終わりにして、許嫁を解消させてください」

紗良は精いっぱいの勇気を振り絞り、彼に別れを告げた。だが――。

「断る。いくらきみの頼みでも、それだけは聞けないよ」

大翔は、いつもの穏やかな口調とはまるで違う傲慢な態度で言い放った。

「どう、して……」

思わず呟いたと同時にゴンドラが地上に着き、係員がドアを開ける。

混乱と憤りがない交ぜになった心を持て余し、ゴンドラを降りた紗良は、衝動的にその場から駆け出した。

「紗良！」

制止する彼の声を聞きながら、振り返らずに必死で走る。このままだと、子どもみたいに八つ当たりをしてしまう。

ふたりの間にある年齢差は、紗良にはどうしようもない。それでも彼に釣り合いたくて、前向きに頑張ってきた。『好きな人ができたら遠慮なく言ってくださいね』と、物わかりのいい大人ぶって告げたこともある。

ずっと諦められなかったが、ようやく気持ちに踏んぎりをつけて、別れを切り出せたのに。そう思わずにはいられない。

「紗良……っ」

大翔の声が聞こえたかと思うと、強引に肩を掴まれた。振り返って見上げれば、彼はひどく焦った様子で息を切らしている。

「何か言いたいことがあるなら言ってくれないと、俺も対処のしようがないよ」

「言いたいこと、なんて……」

彼を困らせるのがわかっているのに、本心なんて言えない。口ごもっていると、大翔はさらに追い込んでくる。

「逃げるのはずるいよ。言って、紗良」

彼と向かい合わせになり、両肩を掴まれる。

じっと見下ろしてくる眼差しはいつになく鋭い。許嫁を解消しようとしてから彼と過ごす時間は増えたが、竦み上がりそうなくらいの強さで見つめられたのは初めてだ。息を詰めた紗良は、整理できない気持ちをそのまま吐露する。

「……大翔、さんは……本当は、わたしと結婚したくないんですよね。許嫁とはいっても名前だけで、ずっと距離を取ってきた。わたしが子どもだったから……ずいぶん恥ずかしい思いや面倒な思いをさせてしまいました。本当にすみません」

「どうして俺がきみと結婚したくないなんて思うんだ？　俺はきみと結婚するために、同棲を申し出た。ご両親にだってそう伝えたはずだけど」

「昔、聞いたんです。『祖母さんの頼みだから許嫁になることを承知したが、いい加減子どものお守りは勘弁してもらいたい。俺はロリコンじゃないんだ』って、大翔さんが言っていたのを。わたしの中学入学のお祝いで、食事会があったときのことです」

紗良の説明に、大翔が瞠目する。『なぜ知っているんだ』と言わんばかりの表情に、胸が抉られそうなほど苦しくなった。

「それからずっと、大翔さんにふさわしい女性になりたくて努力したつもりです。でも、今さら気づいてしまったんです。……大翔さんの大切な時間をわたしが奪っていたことを」

紗良が許嫁でなければ、大翔は恋人を作り、もっと早くに結婚していたかもしれない。本庁で口さがない噂を立てられることもなかっただろう。

「大翔さんがお祖母様を大事に思って、願いを叶えたくてわたしの許嫁でいてくれたのはわかっています。でも、これ以上迷惑をかけるわけには」

「紗良」

感情のまま十年分の思いを吐露していた紗良に、大翔がストップをかける。冷静な声音に顔を上げると、彼はひどく複雑そうに眉根を寄せ、小さく息をついた。

「婚約破棄を言い出したのは、昔の俺の言葉のせい？　俺が、祖母の願いを叶えたくて、きみに婚約破棄の撤回を頼んだと思ってる？」

大翔の問いに顎を引くと、彼は「全部俺のせいか」と切なげに紗良を見つめた。彼がなぜそんな表情を見せるのかわからずに、紗良は小さく首を振る。

「大翔さんのせいじゃありません。子どもの許嫁なんて……扱いに困って当然です」

実際、自分が大翔の立場なら困惑したことだろう。だから彼は至極まっとうな反応をしたに過ぎない。ただ、紗良が勝手に傷ついただけだ。

けれど大翔は、「きみが聞き分けがよかったのは、俺に期待していなかったからか」と、自嘲を滲ませる声で呟いた。

「中学入学のお祝いの席ってことは、紗良は十年も傷ついていたことになる。それに気づかずに、俺は……きみがくれる好意に甘えていた」

心無い言葉を聞いてショックだったろうに、それをおくびにも出さずにいた紗良は、自分よりもずっと大人だと彼は言う。その声音は、今まで聞いたことがないような後悔の念が滲んでいた。

「本当にごめん。でも、信じてほしい。十二歳のきみと許嫁になって困惑したのはたしかだけど、今の俺は、結婚相手は紗良しか考えられない」

「え……」

にわかに信じることができずに、紗良は呆然とする。

警視庁で順調にキャリアを重ねて将来を嘱望されている彼と、身体が丈夫ではなく取り柄のない自分。どう考えても不釣り合いで、結婚を望まれるわけがない。

何より、『好き』だと言ってくれないのは、愛情から紗良を求めているわけじゃない証拠ではないのか。

「……大翔さんは、優しすぎます。わたしは現実を知るにつれて痛感しました。大翔さんと結婚できない、って」

自分は、責任ある地位に就いている彼を支えられるようなしっかりとした女性ではない。それは卑下ではなく、正しい自己評価だ。

アルバイトは周囲の手助けでなんとかこなせている。けれど、圧倒的に社会経験が足りず、大人の女性として魅力に乏しい自分が、彼と結婚していいはずがない。

今まで思っていたことが、堰を切ったように溢れてくる。本当はこんな情けないことを言いたくなかったが、自分のせいで彼が罪悪感を持つのは嫌だった。

「……紗良が許嫁解消を言い出した理由がわかった。でも、それじゃあどうして俺と同棲をしてくれたの？　いずれ別れるつもりで同棲を了承した？」

「そう、です。思い出が、欲しかったから……」

だから同棲を始めた。ほんの少しでいい。許婚として、女性として見てもらいたかった。そうして思い出だけを胸に同棲を解消するつもりだった。

「甘いね、紗良。まだきみは、俺のことがわかってない」

大翔は紗良を引き寄せ、人目も憚らず抱きしめた。いつになく余裕のない行動に怯んでいると、どこか切実な声で彼が続ける。

「俺の祖母やきみのお祖父さん、ご両親に頼まれて許嫁になったのは本当だ。でも、許嫁を解消したくないと思ったのは俺の意思だよ」

「嘘……」

「嘘じゃない。俺は、紗良を手放したくない。だから、必死につなぎ留めようとしている。初心なきみに快感を植えつけて、甘やかして離れられなくさせようとしている」

彼の言葉を聞いた瞬間、紗良は信じることができずに大きく目を見開いた。

「じゃあ、どうして好きだって言ってくれないんですか……っ？」

思わず声を荒らげ、彼の胸を押し返す。

本当は大翔を責めるようなことなんて言いたくなかった。だから、自分の気持ちを押し隠して許嫁の解消を告げた。それなのに、彼はわざわざ追いかけてきて、本心を引きずり出してしまう。

（やっぱりわたしは子どもだ）

情けなくて悔しくて眼窩が潤み、目の前が歪んでいく。泣きたくないのに自分の意思ではどうにもできず、頬が涙で濡れる。

「ごめん……なさい。わたし」

「っ、謝るのは俺のほうだ」

一瞬息を呑んだ大翔は、ふたたび紗良を抱きしめた。けれど、先ほどよりも優しく、包み込むように背中に腕を回される。

「──きみが好きだよ、紗良」

「え……」

「俺を気遣って、自分の気持ちを後回しにしてしまう不器用なきみが好きだ。祖母を大切にしてくれる優しいきみが好きだ。ご両親たちを説得してアルバイトを始める意外な行動力があるところも、頑張り屋なところも好きだ」

大翔は、ひとつひとつ紗良のどこが好きかを挙げていった。まるで、今まで言わなかった分まで伝えるかのように。

「信じてもらえるまで何度だって言う。きみは自分で思っているよりも、ずっと魅力的だよ。この十年、紗良がいてくれたから仕事の重圧が癒やされてた。だから必死にきみをつなぎ留めようとしてたのに、肝心なことを伝えてなかったせいで……泣かせてごめん」

(本当に大翔さんは……わたしを好きだから許嫁を解消しないの……?)

片思い期間が長かったため、気持ちを明かされても都合のいい夢を見ているような気になってしまう。

返事もできずにただ抱きしめられている紗良に、大翔は切実な声で告げる。

「許嫁の解消を告げられてからは余裕がなくて、好きだって伝えることも忘れていた。一番言わないといけなかった言葉なのに、自分が情けないよ」

初めて明かされた大翔の本音が、紗良の心を解きほぐしていく。ずっと憧れて大好きだった人から初めて告白をされ、言葉にならない。

自分が彼にふさわしいとは思えない。しかし、大翔が自分を好きだと言ってくれるのなら、もっと努力して釣り合う女性になればいいのではないか。何よりも、求めていた言葉をくれた彼に応えられる自分でありたいと思う。

（わたし……大翔さんのそばにいたい）

押し込めていた気持ちが、じわじわと明確な意思を持って紗良の心に根を張っていく。

「大翔さんは……本当にわたしでいいんですか……？」

彼の胸から顔を上げて問いかけると、大翔は一瞬虚を突かれた顔をした。

「きみじゃないと駄目だ。紗良以外の女性と結婚するつもりはないよ」

「わたし……家事も未熟で迷惑をかけてしまうかも」

「家事は全部ひとりでやろうとしなくていい。お互いに協力してやっていこう。ふたりの生活に慣れれば、要領だってわかってくるだろうし」

「それに、年だって離れていて……大翔さんから見たら子どもっぽいですよね」

「子どもに手を出す趣味はないよ。ひとりの女性として紗良を見てる。今だって、泣いているきみが可愛くてしかたない。ベッドに引きずり込みたいくらいにね」

大翔は、紗良の不安をひとつずつ潰していった。

何度も何度も、彼の言葉を脳内で反芻する。大翔が本心を明かしてくれたことで、長年凝り固まっていた『自分は子どもにしか見られていない』という不安が拭い去られる。

大好きな人が自分を好きでいてくれて、コンプレックスごと受け止めて包み込んでくれたのだ。これほど幸せなことはなく、これ以上迷う理由は何もない。

「もう聞きたいことはない？」

大翔は、紗良の顔をのぞき込んだ。両手で頬を包むと、親指で紗良の目尻の涙を拭う。どこか祈るようなしぐさで額同士を合わせると、至近距離で告げた。

「きみが好きだよ。俺と結婚してください」

それは、紗良がずっと夢見てきた台詞だった。

大好きな人からの『好き』の気持ちとプロポーズに、収まりかけていた涙が眦に浮かぶ。

「……大翔さんが、大好きです。わたしを、あなたの奥さんにしてください」

言葉を尽くしてくれた彼に応えるべく、紗良も気持ちを伝える。『彼にふさわしくない』いくつもの理由よりも、『好き』と言ってくれた大翔の気持ちを大切にしたかった。

「わたし、もっともっと素敵な女性になれるように努力します」

「紗良はそのままで充分だけど、目標に向かって頑張る姿も好きだよ」

優しく紗良を抱きしめ、大翔が言う。

（大翔さんと、両思いになれたんだ、わたし……）

気持ちが通じ合ったことで安堵した紗良は、しばし彼の腕の中で喜びに浸っていた。

その後、『卒業祝いのやり直しをさせてほしい』という大翔に了承すると、彼はまず遊園地のほど近くにあるラグジュアリーホテルへ向かった。

ホテルの下層階は商業施設が入っていて、その中の高級ブランドショップに足を運んだ大翔は、自分と紗良の服を購入した。

彼はスーツを身に纏い、紗良は少し大人っぽいワンピースを買ってもらった。最初は遠慮していたのだが、『ドレスコードがある店で食事をするから、着飾った紗良が見たい』と、押しきられたのだった。

食事をしたのは、ホテル内にあるフレンチレストランだ。大翔は紗良を優しくエスコートし、『お祝い』だとスタッフに伝え、特別な装飾を施したケーキを用意してくれた。

『やっと紗良をお祝いできてよかった』――そう言って柔らかく微笑んでくれた彼に、紗良は心の底から嬉しくなった。

（なんだか、夢みたいだな）

食事を終え、彼が次に連れてきてくれたのは、ホテルの最上階にある部屋だ。もともと宿泊を考えていたようで、レストランを出て部屋に案内されたときは驚いてしまった。

（もしかして、このあと大翔さんと……？）

期待と、ほんのわずかの不安とで鼓動が騒ぐ。

緊張を紛らわそうと窓際で景色を眺めると、周囲に高い建物がないから見晴らしがよかった。ライトアップした観覧車をはじめとするテーマパークの放つ光が煌めいている。

「気に入った？　紗良」

夜景に見入っていると、となりに立った大翔に肩を抱き寄せられた。紗良は笑顔で頷き、彼に礼を告げる。

「今日は、行きたかったテーマパークで遊べて、素敵なお店で食事まで……大翔さんのおかげで、素敵な思い出ができました」

「まだ早いよ。きみに、見せたい景色があるんだ。観覧車の左側を見ていてごらん？」

「左側……？」

彼に促されて目を凝らした数秒後、夜空に大輪の花火が打ち上がった。大小さまざまな形で色どりも豊かな花火は、遮蔽物がない分地上よりも鮮やかに見える。

「綺麗ですね……」

「テーマパークのことを調べていたときに、この時間に花火が上がるってわかってね。紗良に見せたかったんだ」

「ありがとうございます……！」

　感激した紗良は、窓の外を彩る花火に感激して見入った。

　ずっと行ってみたかったテーマパークでデートし、彼に告白されただけで幸せだった。それなのに大翔は、レストランで卒業祝いのやり直しをしてくれたり、特等席で花火まで見せてくれる。紗良にとって盛りだくさんの一日で、夢の中にいるような心地だ。

「もしかして、花火を見せてくれるために部屋をとってくれたんですか？」

　となりを見上げて尋ねると、彼は「もちろんそれもあるけど」と笑みを浮かべる。

「花火を見せたかったのが半分、もう半分はこれをもらってほしかった」

　大翔は上着のポケットから小さな箱を取り出した。それを見た紗良は、ハッとして息を詰める。彼が持っていたのはジュエリーボックスで、明らかに特別な品が入っているとわかるものだったから。

「本当は、卒業祝いの席で渡すつもりだったんだけど、やっと渡せる」

　ジュエリーボックスの蓋を開き、彼が中身を見せてくれる。六本爪の台座に大粒のダイヤが収まる指輪が、プラチナのリングとともにキラキラと輝いていた。

　上品で美しい指輪に見入っていると、大翔が紗良の左手を取った。

「受け取ってくれる？」

「……は、いっ」

薬指に指輪が嵌められた瞬間、紗良の瞳に涙の膜が張り、頬を伝い落ちる。

一度は自ら手放そうとしていた縁を、彼はつないでくれた。大翔から歩み寄ってもらわなければ、こうして幸せを感じることもなかっただろう。

「ありがとうございます、大翔さん。わたし……世界で一番幸せです」

「それは俺の台詞だよ。俺を好きになってくれてありがとう、紗良」

涙に濡れた目で彼を見上げると同時に、唇を奪われた。

「っ、ん！」

腰を抱かれ、後頭部を押さえられ、身動きできないままキスを受け止める。

大翔は、閉じていた唇を強引に舌で割って入ると、口腔に侵入してきた。喉の奥まで舌を突き入れられたかと思えば、粘膜を優しく撫でられる。緩急をつけた動きにぞくぞくして、身体の芯から痺れてしまう。

（こんなキスされると……立っていられない……！）

ただでさえ大翔に触れられると身体の力が抜けてしまうのに、激しいキスをされてはひとたまりもなかった。がくがくと膝を震わせて彼の胸に縋りつく。その間にも、淫らに舌を絡ませられ、唾液が混ざり合う音が大きくなった。

「ンンっ……」

溜まってきた唾液を嚥下すると、下肢が疼き始める。キスが合図となって、今まで大翔に施された愛撫を身体が思い出していた。

くちゅくちゅと舌で口内を掻き混ぜられると気持ちよく、もっとしてほしいと淫らな欲求が脳裏を過ぎる。

大翔のことがずっと好きだった。だから、最後の思い出が欲しくて同棲をした。それがプロポーズをされ、薬指に指輪をもらえたのだ。現実だと信じられない一方で、喜びが全身に伝播し、快感を高めていく。

彼はキスをしたまま、紗良のワンピースのファスナーを下ろした。軽い素材の服が床にふわりと落ちるのも構わずに、自身の上着を脱ぎ捨てる。

「んっ、大翔さ……服、が……」

息継ぎの合間に告げると、「気にしなくていい」と返された。

「俺だけを見て集中して、紗良」

彼は鼻先を擦りつけながらそう言うと、ふたたび唇を重ねた。それと同時にキャミソールの肩紐を外され、キスを交わしたままベッドになだれ込む。下着姿を恥ずかしいと思う余裕もなく彼のキスに翻弄されて、身体の熱が高まっていく。

（こんなに余裕のない大翔さん、初めて）

性的に何度か触れられているが、彼はいつも余裕を保っていた。それが今は、ひどく切実に求められているのが伝わってくる。

「やっと紗良を抱ける。……今日はもう止まらないから」

大翔の目は欲情に滾り、いつもの紳士然とした表情は消え失せていた。

〝雄〟と呼ぶにふさわしいギラギラとした眼差しで紗良を見下ろして胸に手を這わせると、ブラを押し上げた。

まろび出た乳房を包み込まれ、小さく声が漏れる。

「あっ……」

反射的に押し返そうとした手を摑まれシーツに縫い留められると、大翔は秀麗な顔を乳房に寄せ、乳首に舌を這わせた。

ふたつのふくらみを交互に舐められ、全身に甘い痺れが走る。これまで幾度か彼に愛撫を施されている身体は期待するかのように火照り、彼の舌を喜んでいた。

「ん、ぁっ」

大翔は片手で乳頭を扱きながら、もう一方の乳房を舌で舐め回した。疼痛が胸に広がっていき、胸の頂がぷっくりと芯を持つ。彼の濡れた舌も長い指先も、紗良にとっては危険だ。強い快楽を与えられ、我を忘れてしまいそうになる。

(……わたし、今日……本当に大翔さんに抱かれるんだ)

バスルームで互いの性器を擦り合わせたことはあるが、体内に彼を受け入れるのは初め

てだ。未知の体験への恐れがないとは言えないけれど、それ以上に彼とつながりたい気持ちが大きい。ようやく心が通じ合った今、ふたりを隔てるものは何もないから。

「あ、ぅ……んっ」

胸を強く吸引され、腰が撥ねる。じわじわと体内に愉悦が募り、足の間から淫らな滴が滲み始めた。身体の変化が恥ずかしくて身を捩ると、顔を上げた彼が薄く笑う。

「気持ちいい？」

「そんなこと……言えない、です……」

「言って、紗良。抱けば少なからず痛みを感じさせるだろうから、その前にたくさん解して気持ちよくなってもらいたい」

言いながら、大翔の手が腹部を滑り、ショーツにかけられる。とっさに止めようと足を閉じたのに、彼は素早い動きで紗良の足からショーツを抜き取ってしまった。

「濡れてるね、よかった」

「っ……」

指摘された紗良は、全身の血が沸騰したかのように熱くなる。彼はそんな様子を嬉しそうに眺めながらショーツを脇へ抛り、紗良の足をM字の形に開かせた。

両膝が胸につくような体勢をさせられ、蜜液に塗れた恥部が彼の眼前に晒されると、さらに奥底からとろりと愛蜜がしたたり落ちる。

「ひくひくしてるよ。自分でもわかる?」

「ん、ぁあっ!」

大翔は紗良の足の間に顔を埋め、流れ出る愛液を啜った。じゅるっ、と、いやらしい音が聞こえ羞恥に悶(もだ)える暇もなく、肉びらを口に含まれる。

「だ、め……っ、汚い、でっ……んぁっ」

今日は一日テーマパークで遊んで汗を掻いたのに、まだシャワーを浴びていない。にもかかわらず、彼はそんなことなど構わないとばかりに、丁寧に花弁を舐めていく。

今すぐ足を閉じてしまいたい。そう思う一方で、紗良の体内はうねっていた。彼の呼気が敏感な箇所に触れ、蜜孔からはしとどに淫汁が溢れている。

(だめ、なのに……気持ち、いい……)

やめてほしいのに、もっとしてほしいと思ってしまう。大翔に性的に触れられると、自分が知らなかった欲望を引き出される。

「紗良は恥ずかしがり屋だね。でも、きみに汚いところなんてひとつもないよ。味も匂いも俺の好みだ」

だから安心して啼(な)いていい——そう告げた彼は、蜜孔に舌を挿し入れた。

ぬるついた舌が浅瀬に挿入され、びくんと総身が震える。浅い場所を生温かい舌先がうねうねと蠢く。まるで生き物が体内に入るような奇妙な感触に、紗良は訳もわからず首を振り、与えられる快楽に耐えた。

（大翔さんの舌……熱い……）

腹の内側は、彼に呼応するように煮え滾っていた。まるで熱湯を浴びたように肌は火照り、じくじくと花蕾が疼いている。その感覚はどんどん強くなっていき、とめどない愉悦の波に翻弄されていく。

触れてほしい。指で、舌で、思いきりいじくられたい。無意識にそう思った紗良は、自分のはしたなさが恥ずかしくなった。

（わたし……こんなにいやらしいことを思うなんて）

自分はいったいどうしてしまったのか。大翔に触れられる時間が長いほどに、淫悦が大きく膨れ上がっていく。

「は……ここも、充血してるね。指と舌とどっちがいい？」

蜜口から舌を抜いた大翔が、指先で花芽を弾いた。その瞬間、腰が蕩けそうなほどの刺激を味わった紗良は、顎を撥ね上げる。

「んぁっ、やぁっ……」

「こんなに膨れてると、疼いてるでしょ？　紗良、自分の望みを言ってごらん。俺が全部叶えてあげるから」

ふ、と花芽に吐息を吹きかけられ、淫孔から愛汁が噴き零れる。

自分が欲情しているのを自覚して、羞恥に身悶える。けれど、大翔にもっと触れてほしい。理性の殻が割れ、純粋に彼を求める気持ちだけが剝き出しになる。

「し……舌で、舐めて、ほし……」

「よく言えたね、いい子」

「あっ、ぁあっ！」

大翔はご褒美だと言わんばかりに指で恥肉を押し拡げ、花芽を口に含んだ。芯を吸い出すように咥えられ、頭のてっぺんからつま先まで快楽漬けになる。

（だめ……っ、気持ちよすぎる……）

自分で望んだことなのに、悦が強すぎて怖くなる。彼は淫蕾を舌の上で転がしながら、淫液を吐き出し続ける蜜口に指を添え、つぷりと沈ませた。

「やっ……ンンッ」

ぬちっと粘着質な水音が響き、彼の指を受け入れる。大翔の愛戯で溶けた媚肉は打ち震え、侵入者にねっとりと纏わりついた。

（両方されたら……身体が変になる……っ）

敏感な肉芽を大翔の口で可愛がられ、蜜洞がきゅうきゅうと窄まる。そうすると、今度は彼の指を締めつけ、自らの反応で悶えることになった。

一番弱い陰核を舐め啜られ、肌が粟立つ。体内からとめどなく溢れる淫蜜は太ももや尻の割れ目を伝ってシーツを濡らし、まるで粗相をしたかのようだ。

「ひろ、と……さ……くる……っ、きちゃうの……っ」

急速に喜悦が高まってくる。本能的に絶頂感を察した紗良は、大翔に訴えた。このままでは漏らしてしまうような気がしたから。なのに、彼は花蕾から唇を離す気配はない。

（あっ、もう、きちゃう……っ）

包皮から吸い出された花芽を舌でもてあそばれ、四肢に力が入らない。自分の身体なのに制御できず、大翔の思うがままの快楽に染め上げられていく。

「ンンッ、あ！　や、ぁああ……ッ」

指の腹で媚肉を擦り立てられ、肉芽を舐められ続けた紗良は、あっけなく達した。胎の内側が蠕動（ぜんどう）するのが心地いい。心臓が激しく拍動し、呼吸を浅く繰り返す。

大翔は挿入していた指を引き抜き唇を外すと、色気のある吐息をついた。

「可愛く達けたね。紗良の中、とろとろだよ」

恥ずかしいセリフを吐かれたが、答える余裕はない。ぼんやりと彼を見上げていると、大翔はネクタイを首から引き抜き、乱暴にシャツのボタンを外して脱ぎ去った。

（すごい、綺麗……）

大翔の引き締まった上半身は、芸術品のような完璧さだ。マンションのバスルームで見たときは恥ずかしくて直視できなかったが、今日は彼のすべてを覚えておきたいと思う。

焦点の定まらない目で見つめていると、気づいた彼がふっと笑った。

「俺の全部を紗良にあげる。だから俺も、紗良をもらうよ」

それは、大翔のゆるぎない宣言だった。

ずっと、ずっと長い間、大好きな人だった。好きな人と想いを交わした奇跡と、彼が求めてくれる感激で言葉にならない。

（今日のことは一生忘れない……）

頭の片隅で思ったとき、ベルトを外した彼は、どこからか取り出した避妊具のパッケージを口に咥えて破いた。

いよいよ大翔と結ばれる。そう思うと緊張してしまい、つい目を伏せる。すると、避妊具をつけた彼が、紗良に覆い被さってきた。

「優しくする。だから、全部俺に委ねて」

「は……い」

掠れた声で返事をすると、微笑んだ大翔が蜜口に自身をあてがった。圧倒的な質量に思わず腰が引けそうになると、彼は紗良の両膝の裏に腕を潜らせる。

先ほど達した余韻で熟れきった蜜肉が、あてがわれた雄槍の存在を感じて微動する。自分の反応にぶるりと肩を震わせたとき、嵩高（かさだか）な肉塊がゆっくりと押し入ってきた。

「あ……ッ」

ぐぷりと淫音を立てて大翔の先端が入ってくると、鋭い痛みで身体が強張る。

（痛い……でも、これくらい大丈夫……！）

自分自身に暗示をかけるように心の中で呟くと、シーツを握りしめる。初めて受け入れた男性自身は予想以上の大きさで、紗良の身体は悲鳴を上げた。

「っ、やっぱり……きついな」

息を詰めた大翔はひとりごち、乳房に手を這わせた。ゆったりとしたしぐさで揉み込まれそちらに意識をやると、「胸に集中してて」と声をかけられる。

（大翔さん、苦しそう……）

紗良も痛みを感じているが、彼もまたひどく苦しげだ。額に汗を滲ませ、艶っぽく秀麗な顔を歪ませながら、じりじりと腰を押し進めてくる。

（わたし……大翔さんに抱かれてるんだ……）

狭隘（きょうあい）な蜜洞を押し拓かれ、身体はこれまでにないほどの痛みを感じている。しかし、自分の中で脈動する彼自身を感じ、喜びを覚えていた。

彼に不釣り合いな子どもであることが悲しかった。自分ではどうしようもない年齢差という壁がつらかった。

けれど、今この瞬間、大翔は紗良に欲情している。硬く猛った肉槍がその証だ。自分の身体で彼が高揚し、求めてくれるのが嬉しくてたまらない。

「大翔、さん……わたし……幸せです」

「ん……俺もだよ」

大翔は微笑むと、紗良に軽く口づけた。

「でもまだ、半分も入っていないんだ。もう少し動いてもいい？」

「はい。わたしを……あなたのものに……してください」

紗良は大翔の大きな背に腕を回し、素直な気持ちを吐露した。痛みはある。でも、彼としっかり深くつながりたい。たくさん感じさせてくれた分、大翔にも感じてほしい。

想いをこめて彼にしがみつくと、耳もとで息を呑む気配がした。

「自分のことよりも人を優先しようとする……きみのそういう健気なところも好きだよ」

刹那、体内を犯す彼の質量が増したかと思うと、肉槍がずぶりと奥へ侵入してくる。肉傘に擦れた媚肉が引き攣れ、思わず『痛い』と口に出しそうになった。だが、紗良は懸命に堪えた。痛がれば、彼はやめてしまうだろうと思ったから。

無意識に大翔の背に爪を立て、痛みをやり過ごす。乳房を弄られているからか、痛みと快感に交互に襲われ、意識が途切れそうになる。

「大翔、さ……ンンッ……」

彼の名を呼ぶと、大翔はぐっと腰に力を入れ、一気に奥まで貫いた。

「んぁあっ……！」

「これで、全部。……痛い？」

「へ……き、です……」

「無理しないでいいよ。ゆっくり動くから、つらかったら言って」

大翔はこれ以上ないほど甘く囁き、ゆるりと抜き差しを始めた。雄棒で肉襞を摩擦され、紗良は艶声を上げながら彼に縋る。

（わたしは……大翔さんのものになれたんだ）

身体も心も喜びで満たされ、自然と涙が浮かぶ。すると、ほんの少しだけ痛みが薄れ、最奥がきゅんと締まった。

「は……紗良、可愛い。俺のに絡みついてくる」

感じ入ったように言う彼の声にすら喜悦が生まれる。ゆるやかな抽挿で彼の下生えと花芽が擦れ合い、そこが中心になって快楽が胎の内側へ広がっていく。

彼と触れている部分は、どこもかしこも甘く蕩けていた。膣道（ちつどう）にみっしりと埋め込まれた雄茎も、重なっている肌も、紗良を愉悦の渦へと導いていく。

「これから、気持ちいいことといっぱいしてあげるよ。だから、俺に紗良のいいところ、全部教えて？」

ゆっくりと自身を紗良に馴染ませるような動きをしながら、大翔が告げる。でも、彼に返事はできない。そのまま唇を塞がれたからだ。

「んぅっ……んっ」

口づけは荒々しいのに、大翔は自身の好きなように動こうとしない。そのおかげで、痛みをごくわずかに感じるくらいになり、代わりに淫熱が大きくなり始めた。最初は異物を拒んでいた胎内は熟し、昂る肉槍がスムーズに行き来している。

粘膜の摩擦が生み出す淫らな快感に紗良は溺れた。自分が大翔のすべてを受け入れられたのが嬉しかった。そして、彼が自分に欲情してくれることも。

抽挿は止めずに、口内で舌を搦め捕られ、強く擦り合わされる。彼と混じり合う感覚がひどく心地いい。頭の中に響く水音が口中と下肢のどちらから聞こえるものかも判然としないまま、紗良は淫らな交わりに没頭していた。

「紗良……少し、激しくしてもいい？」

艶のある吐息を漏らし、大翔に問われる。今まで聞いたことのないような切羽詰まった声だ。その声にぞくぞくするのを感じながら、小さく頷いた。

彼は充分に優しく扱ってくれていたし、なるべく痛みを感じないように気遣ってくれている。紗良が虚弱なことも影響しているのだろうが、もう大丈夫だと――大翔を受け入れられるくらいに強くなったのだと知ってもらいたかった。

大翔は「ありがとう」と囁くと、体勢を変えた。身体を起き上がらせて紗良の足首を摑むと、限界まで腰を引いた。その直後、思いきり腰をたたきつけてくる。

「あぁっ……！」

ゆるやかな動きからの反動が強烈で、大きな嬌声が漏れた。

それまでは紗良の性感を探りながら徐々に淫熱を高めるような行為だったが、今は遠慮なく最奥に突き入れてくる。

（激しい……けど、嬉しい……）

彼に容赦なく穿たれ、蜜襞がびくびくと痙攣する。肉茎の行き来が激しくなったことで摩擦熱が増し、喜悦が大きく膨らんでいく。

「っ、は……紗良、平気……？」

腰を振りたくりながらも、大翔は気遣いを忘れていなかった。彼のこういうところが、紗良の心を捕らえて離さない。

「大丈夫、です……だから……」

止めないで、このまま大翔の思うままにしてほしい。どんな彼でも、恋人として受け止めてみせる。彼と心身ともに結ばれた今、紗良の願いはそれだけだ。

想いを伝えるように彼を見つめると、内部を満たしていた陽根の質量が変化した。

「ん、あっ……」

「困ったな……紗良が可愛くて、おかしくなりそうだ」

愛しげに告げた大翔は、紗良の足首から手を離し、つながりの上で震える淫蕾に手を伸ばした。指先でそこを撫で回しながら、媚壁を削られて蜜口がきゅっと締まる。肉粒を刺激されたことでいっそう強い刺激を得て、紗良の快楽が一気に膨れ上がった。

「や、ンッ……ぁあっ」

彼に突き上げられるたびに双丘が上下に揺れ、その振動で乳首が敏感になる。腰をたたく乾いた音と、結合部から漏れる淫靡な音に煽られ、髪が乱れるのも気にせずに首を左右に振り続けた。

嫌だとかやめてほしいとかではなく、ただただ強力な快感がつらい。膨張した雄肉に削られた媚肉は歓喜で蠕動し、紗良の気持ちと連動するように雄茎を絞っている。

「……紗良、好きだよ。もう不安にさせないから」

「アンッ、あ、っ、は……ぁっ、わ、たしも好き……です……っ、んん」

彼は、言葉でも紗良を安心させようとしていた。これでもかというほど、愛を伝えてくれる。大翔に『好き』だと言われるたびに紗良の体内は淫らに蕩け、深く埋没する雄棒を強く食い締める。

（また……きちゃう……ッ）

膣道と陰核の両方を攻め立てられ、どちらで感じているのかもわからない。それほどに身体は快楽に塗れ、今にも弾け飛んでしまいそうだった。

紗良の限界を察したのか、大翔は攻め手を緩めずに腰の動きを速めた。隙間なく密着した粘膜が摩擦され、互いに高みへと昇りつめていく。

「っ、ぁあっ……ん！　ぁああ……っ」

淫芽を強く摘まれた瞬間、彼自身の形をはっきりと感じ取れるほどに胎内が収縮する。視界がちかちかと明滅し、四肢を突っ張らせて淫悦を極めた。産毛が空気に触れるだけで快感に震え、骨の髄まで蕩ける感覚を味わう。

紗良は乱れる呼吸を整えながら、大翔を見上げた。すると彼は薄く微笑み、「もう少しだけ俺にきみを味わわせて」と告げると、腰をグラインドさせる。

「あぅっ、ん！　や、ぁっ……んぁあ……っ」

絶頂したばかりで過敏なところへ刺激を与えられ、びくびくと胎内がのたうった。しかし胎の奥底まで埋まっている彼自身は漲り（みなぎ）が増し、ぎゅうぎゅうに狭まる膣壁をこれでもかというほど圧迫してくる。

「ひ、ろとさ……わたし、また……っ」

「いいよ、紗良。一緒に達こう」

彼の言葉が契機となり、紗良はふたたび達してしまう。

蜜襞の締めつけに耐えかねたのか、眉根を寄せた大翔が腰を強く押し込んできた。絶頂したばかりの胎内を数度行き来した彼は、かすかに呻い（うめ）てぶるりと胴を震わせた。その表情の色気に、紗良の内部はふたたび痙攣する。

「っ……！」

息を詰めた大翔は数回腰を打ちつけると、紗良を強く抱きしめた。

「俺を受け入れてくれて、ありがとう……紗良」

愛しさを滲ませる声で囁かれ、力の入らない両腕をゆるりと持ち上げる。彼の背に腕を回そうとしたときに左手の薬指に光る指輪が視界に入り、紗良は自然と微笑んだ。

＊

体力の限界だったのか、大翔が達したすぐあとに紗良は意識を失った。

しどけなく眠りに落ちる彼女から自身を引き抜いた大翔は、避妊具を始末すると華奢な彼女を抱きしめる。

ようやく紗良に想いが通じた安堵と、長い間苦しませていた罪悪感が内面でせめぎ合うも、やはり今は彼女を抱いた喜びが大きい。

（もう絶対に傷つけない。約束する）

十年前の自分が放った言葉は、ずっと紗良を苛んでいた。その当時のことは、大翔も覚えている。安積家と一之瀬家の食事会の席で中座したときのことだ。

中庭で仕事の電話を終えると、祖母から『紗良ちゃんが大翔を捜しに行った』と連絡が入り、口にした言葉だった。

子どもが許嫁なんて馬鹿げているという反発もあってのことだが、まだ若かったのだ。警視庁に入ったばかりで、よけいなことに煩わされたくなかったという思いもあった。

「……でも俺は、きみを嫌っていたわけじゃないんだ」

声に出して伝えるも、深い眠りについた紗良には届かない。

大翔は彼女を抱いている腕を解き、バスルームへ向かった。湯でタオルを濡らしてベッドへ戻ると、汗と体液に塗れた紗良の肌を清める。

綺麗だ、と大翔は思った。造形はもちろんだが、小さな身体で必死に大翔を受け入れようとする彼女の気持ちが嬉しく、頬を緩ませてしまう。

事後の処理をすることも、紗良が相手だと進んでやりたくなる。こうして彼女の世話を焼くのは非常に楽しい。

(きみは俺にとって大事な女性だよ)

隅々まで肌を清めると、彼女の身体を上掛けで覆う。こうしなければ、ふたたび紗良に触れて求めてしまいそうだった。

今では倒れることは少なくなったとはいえ、十代のころの紗良はしょっちゅう発熱していた。小学校では早退が多く、勉強が遅れがちだったこともあり、大翔が家庭教師として白羽の矢が立ったのである。

友達と遊べずにベッドの上で過ごすことが多かった紗良は、大翔の訪問をことさら喜んだ。家庭教師初日など、門前で待っていたほどだ。

しかし、誘拐事件があってから、彼女の外出はよけいに制限された。犯人は彼女の父親・芳辰に恨みを抱き、娘を誘拐しようとしたからだ。

警察官である以上、犯罪者から恨みを買うことはある。それは大翔も同じだ。だから、なおさら過保護になってしまうのもしかたないことだといえる。

（やっとプロポーズもできた。あとは、結婚に向けて一直線だ……これからは、きみにちゃんと気持ちを伝えていくから）

心の中で懺悔をし、紗良の頰に指を這わせる。

彼女が未成年のときはともかく、『結婚を意識した許嫁』として見るようになってからは、好意を匂わせる言葉は避けていた。会うたびに魅力的になっていく紗良を前に自分を律し、大人として振る舞って一線を引いた。

許嫁解消を告げられて以降は余裕がなかった。紗良をつなぎ留めようと必死だったのだ。自分でも笑えるほどに。

「好きだよ、紗良」

自分の行動で傷つけてしまった分、これからは全身全霊をかけて幸せにしたい。

彼女の寝顔を見ながら考えていたときである。床に抛りっぱなしになっていたスーツの上着から着信音が聞こえた。

軽く舌打ちをした大翔は、ベッドから降りて上着を取ると、ポケットから携帯を取り出した。画面には、捜査二課の山本の名が表示されている。

「はい」

『例の件、どうなりました？』

山本は、二課へ圧力をかけてきた警視長・小松と議員の里中の件で進展を欲していた。

大翔はひとつ息を吐き出すと、意識を切り替える。

「『監察官』に報告済みです。やはり警視長と里中議員はつながっていたようですね。警視長には、捜査情報漏えいの疑いもある。あと三日ほどで証拠が揃うと連絡が入っていますから、半月以内にはケリがつきますよ」

『それは安心しました。――で、俺への連絡が遅れた理由は？』

山本の口調がガラリと変わる。大翔は苦笑すると、「申し訳ありません」と素直に謝罪した。

「少々プライベートで立て込んでいたので、ご連絡が遅くなりました」

調査は順調で、監察官との連絡は密に行っている。だが、山本への連絡は後回しになった。表向きの理由は、先にこの男に詫びたとおりだが、裏の理由は芳辰だ。

以前、ランチに誘われたとき、芳辰は警視長の一件を知っていた。そこで大翔は情報を共有し、警視長の不正を暴くべく動き始めたのである。

彼の議員・里中の逮捕立件は二課に任せる。議員の逮捕の際は、大々的にマスコミに発表することになるだろう。

しかし大翔と芳辰は、同時に警視長の懲戒処分を目論んでいた。

警官の懲戒処分に該当するのは規律違反である。その態様として、職務遂行上の行為、私生活上の行為、管理監督上の行為などがある。

懲戒処分の種類は免職、停職、減給、戒告だが、『職務上知り得た秘密を漏らす』ことは、免職、もしくは停職に該当する。

小松の場合、職務上知り得た秘密を漏らした疑いが濃い。二課が里中の内偵を進めていることを知り、当該議員に情報を流したのだ。そのうえで、二課に圧力をかける念の入れようは、里中と小松がいかに昵懇かを物語っている。

警視庁の幹部が議員に捜査情報を漏えいし、懲戒処分となると、ここぞとばかりにマスコミは騒ぎ立てるだろう。過去にあった警官の不祥事でも、世論を扇動するような報道をしている。職務に励むまっとうな職員も、一部の腐った輩の存在で同様に見られてしまう。

大翔と芳辰は、小松の処分の報道を最小限にしようと画策している。ニュースとしては、議員の逮捕のほうがマスコミの食いつきもいい。それに加え、里中の容疑は贈収賄。つまり、一般人がもっとも忌み嫌う〝政治とカネ〟にまつわる犯罪だ。

要するに、里中逮捕の報道を隠れ蓑にしようとしているのだ。それもこれも、警察の威信を守るためである。それは、一般人の生活の安全を守ることにもつながっている。

「今回の件で、二課は手柄を挙げることになります。地道な内偵捜査の賜物ですね」

大翔は山本に賛辞を送り、通話を終わらせた。

小松が懲戒処分になれば、警視長の椅子がひとつ空く。警視正から上の階級は、昇進試験の結果ではなく選考で決まる。各階級はそれぞれ昇進の目安となる年齢があるが、大翔が警視長に納まるには若干年齢が若い。

とはいえ、大翔の場合、警視監の芳辰と浅からぬ縁を結んでいる。娘の紗良と許嫁でいることで、成果さえ挙げていれば出世に問題はない。ゆえに、庁舎ではやっかみの対象になるのだが。

（そんなものは些細なことだ。俺は絶対に頂点まで上り詰めてやる）

大翔の上昇志向が強いのは、祖父・忠勝の影響が大きい。

ノンキャリアながら警視庁の警視正まで上り詰めた忠勝は、当時、大物政治家の息子の犯罪捜査を指揮していた。容疑は暴行。証拠も揃い、逮捕まで時間の問題だった。

しかし、すんでのところで逮捕に待ったがかかった。政治家が圧力をかけてきたのだ。

奇しくも、今回の里中と小松の一件によく似ている。しかし忠勝の悲劇は、上司が無能だったことだ。

彼は、ノンキャリアのたたき上げだったことから、当時の上層部に煙たがられていたが、それでも昇進できたのは実力があったから。しかし、政治家の息子の一件により、上層部は忠勝を排除した。政治家への忖度(そんたく)、そして、自分たちの保身のために。

紗良の祖父・万次郎は、忠勝と懇意だった。しかし、当時はまだ階級も低く、上層部に意見できる立場になかった。

結果として、警視庁で忠勝は孤立無援となり、閑職に追いやられたのである。

大翔の記憶の中の祖父は、立派な警察官だった。しかし、ノンキャリアだったばかりに上層部とのパイプもなく、そのうえ生贄(いけにえ)のような人事をされた。

大翔が祖父の一件を聞いたのは、紗良の許嫁になってしばらく経ってから。警視庁へ入る前のことだ。

祖父の年忌法要で祖母の扶美子の屋敷を訪れると、万次郎と芳辰も来ていた。彼らから話を聞いたときの憤りは、言葉にならない。

だからこそ小松の件は、徹底的にたたき潰そうとしている。警察官としての職務に準じているのは当然だが、私情が入っていないかといえば答えはノーだ。

(小松には見せしめになってもらう)

たとえ政治家であろうと関係ない。何者であろうと、捜査の妨害など許さない。それが大翔の正義であり、警察官としてのプライドだ。

そのためにも、昇進は必要不可欠だ。きれいごとだけでは組織の中で立ち行かなくなることを忠勝の件で思い知った。

波立った神経を鎮めるべく、携帯をテーブルに置いた大翔はベッドに歩み寄る。

眠っている紗良を見ていると、安らぎを得られる。彼女が健やかに笑顔で生活できるのなら、なんでもしようと思う。

（一之瀬家に挨拶をしてからすぐに式場を決めてしまおう。もう結婚に障害はない）

小松の件を片付け、紗良との結婚に向けて動く。半月後に、彼女の祖父と両親に時間を取ってもらい、結婚の話をすればいいだろう。

「もう逃がさないよ、紗良」

大翔は脳内でスケジュールを切り、眠っている紗良に口づけた。

5章　初めて自分から誘った夜

大翔と結ばれてから一週間。アルバイト先の書店のバックヤードでシュリンク専用の機械を操作していた紗良は、作業を行いながら自然と笑みを浮かべた。

最初は上手くできなかったが、今ではひとりで問題ない。入荷されたばかりのコミックスが透明のフィルムに包まれるのを見るのが最近の楽しみだ。

ほかの従業員は、初めて働く紗良にも親切に接してくれた。紗良もまた、仕事を覚えようと熱心にメモを取り、先輩スタッフの手際を勉強している。

今、紗良の生活は充実している。目に映る景色すべてが輝いているような心地で、毎日笑顔で過ごしていた。

（なんだか、まだ夢を見ているみたい）

ふと、一週間前の出来事が脳裏を過ぎり、ひとり照れくさい気分になる。

あの日、紗良は人生でこれ以上ないほどの幸せを味わった。時間が経てば経つほどに、じわじわと実感が湧いてくる。

ほんの数か月前は大翔と許嫁を解消しようとしていたが、熱烈に引き留められて同棲することになった。けれど、彼と一緒に住んでも、自分が好かれているなんて想像すらしなかった。

大翔は素敵な大人の男性で、紗良がいなければとっくに結婚していてもおかしくない。自分が彼を縛りつけているのだと思うと悲しかったし、申し訳なかった。だからこそ、関係を終わらせようと思った。

しかし、大翔は紗良の懸念をすべて吹き飛ばしてしまった。

彼は、ひとりの女性として紗良を見てくれて、プロポーズしてくれた。指輪を嵌めてもらった瞬間は、一生忘れることはない。

紗良の人生最大の記念日は、それだけに留まらない。大翔と、とうとう結ばれたのだ。

彼は、とても優しかった。朝目覚めたときも紗良の身体を気遣い、まるで姫に傅（かしず）く執事のごとく世話をしてくれた。

眠っているときに肌を清め、起きたときにはお姫様だっこでバスルームまで連れていかれ、髪や身体を洗われた。遠慮したものの聞き入れてもらえず、大翔はとても楽しそうに紗良の世話をし、風呂を出るとドライヤーまでかけてくれたのだった。

（大翔さんは、世話好きなのかな……）

至れり尽くせりで恐縮する姿すら、彼を楽しませているようだ。ホテルからマンションに戻ってからも、ことあるごとに過保護に接してきては紗良を照れさせている。

しかしそんな照れや申し訳なさを感じることすら、幸せなのだと思う。もしも大翔が許嫁解消の話を素直に受け入れていたとしたら、今、こうして笑顔でいられないだろう。

「一之瀬さん、そこ終わったら今日は上がっていいよ」

「はい、ありがとうございます」

店長に声をかけられ、意識を引き戻す。三十代の優しい容貌をした男性で、従妹の由美子と親しい間柄だという。同じ柔道場に通っている仲間であり、長年の友人らしい。

「だいぶ慣れたみたいだね。由美子も安心だろう」

「皆さんがフォローしてくださるおかげです。仕事も楽しいし、スタッフの皆さんもいい方ばっかりで……とても恵まれていると思います」

心からの謝辞を述べ、頭を下げる。すると店長は、「一之瀬さんが頑張っているから、みんな手を差し延べたくなるんだよ」と笑った。

「知り合いの紹介でも、雇う以上はしっかり働いてもらおうと思ってたんだけどね。一之瀬さんは、こっちが想定してたよりもずっと飲み込みが早いし、接客もちゃんとできてる。初めてのバイトにしては上出来だよ」

褒められた紗良は、素直に礼を告げた。今までは身体が弱いこともあって行動を制限されていた。誰かに迷惑をかけるのが怖くて積極的な行動を控えていたが、こうして認めてもらえると自信になるのだと身をもって経験した。

（由美ちゃんに感謝しないと）

「そういえば、由美子が店に来てたよ。このあと会う約束してるんだって？」

「はい。アルバイトを紹介してもらったお礼をしようと思って」

今日は、由美子とごはんを食べる約束をしていて、大翔には連絡済みだ。『遅くなるようなら迎えに行くから連絡すること』と言われ了承している。

彼は、プロポーズを機に過保護さに磨きがかかった気がする。もともと優しい人だが、これまでは〝男性〟としてではなく、〝保護者〟として接してくることが多かった。けれど今、大翔は間違いなく紗良を恋人として扱っている。それが嬉しい。

「由美子によろしくね。それと、一之瀬さんが注文していた本、届いてるよ」

「本当ですか？　ありがとうございます！」

満面の笑みで礼を告げると、店長が意外そうな顔をする。

「それにしても、マニアックな本を頼むね。『世界の制服大全』だっけ？」

「じつはわたし、制服が好きなんです。頼んでいた本には、世界中の様々な職種の制服が載っているので、ずっと欲しいと思っていたんですがちょっと高くて……いつか自分で働いたお金で買いたいって思っていたので、ようやく夢が叶いました」

「趣味が働く意欲につながっているならいいことだ。社割もあるし、何か欲しい本があったらまた取り寄せるよ」

「はい！」

初めて自分の力で得たお金で欲しいものを買うことができた。ほかの人にとっては当たり前かもしれないけれど、ずっと行動を制限されてきた紗良にとっては特別なことだ。これでやっと社会人として一歩踏み出せたような気がした。


その後、仕事を終えてすぐに『世界の制服大全』を受け取った。うきうきと外に出ると、待っていた由美子が手を振っている。

「お疲れ、紗良」

「由美ちゃん、わざわざ来てくれてありがとう」

挨拶を交わし、ふたりで書店から徒歩五分の場所にあるイタリアンレストランに足を運んだ。由美子には、今日は自分がごちそうするとあらかじめ伝えている。

初めて働いて得た給料で、世話になった人たちにお礼をすること。それが紗良の労働の意欲の一端であり、目的のひとつだ。

「わたしね、紗良に謝らないといけないことがあったの」

注文した品がテーブルに並んだころ、おもむろに由美子が切り出した。彼女から謝られるような覚えはなく、紗良は首を傾げる。

「どうしたの？　急に」

「安積さんのことよ。本庁の噂を紗良に話したことがあったでしょ？　あれ、安積さんめちゃめちゃ怒ってたのよね。この前ランチ時に声をかけられたんだけど、『紗良と仲良くしてくれてありがとうございます。ですが、あまり本庁の噂などは彼女の耳に入れたくないんです。よけいな心配をかけたくないので』って、笑顔で釘刺されたわ」

「えっ……そんなことが？　でも、怒ってないと思うよ。だって大翔さんが怒ったところなんて見たことないし」

実際、紗良は大翔から怒られた記憶がない。いつも紳士で、感情をあらわにすることのない人だ。唯一の例外は、キスやそれ以上の行為をするときだけ。見たことのないような男の顔をするが、それ以外は完璧な紳士だと紗良は思う。

「いや、あの人、本庁では恐れられてるよ。だって、近寄りがたいオーラがあるもん。まあこの件は、わたしが悪かったから怒られてもしかたないよ。不安にさせてごめん」

由美子に謝罪され、戸惑いつつも気にしていないことを伝える。すると彼女は、「紗良は愛されてるねえ」と、微笑んだ。

「やっぱり安積さん、紗良のこと大事にしてるね。この前釘を刺されたときだって、紗良のことばっかり尋ねてきたんだよ？」

「そうなの？」

「紗良に何か悩みがあったら教えてほしい、とか。紗良の好みを知りたい、とか。こっちは警視正相手に緊張しっぱなしだったよ」

まさか彼が由美子相手にそんな調査をしているとは思わず、照れてしまう。「ごめんね」と頬を染めた紗良に、彼女は冗談っぽく笑った。

「しっかり高いランチごちそうしてもらったし、わたしは役得だったわ。……それはそうと、とうとうプロポーズされたんでしょ？　おめでとう、よかったね！」

「うん、ありがとう」

由美子には心配させていたこともあり、大翔からプロポーズされたことは電話で伝えていた。彼女はたいそう喜んでくれて、涙声で祝福してくれた。

ちなみにお互いの家には、ふたり揃って挨拶に行こうという話になっている。ただし今は、彼の仕事が立て込んでいるようで、落ち着いたらの話なのだが。

「挨拶を済ませたら、式場とか招待客、ドレス決めたりしないといけないし、これからいろいろ忙しくなるわよ」

「そうだね。でもね、ちょっと不安だけど楽しみでもあるんだ」

彼にプロポーズされて、まだそう時は経っていない。今はまだ大翔と結婚するのだと実感するだけで精いっぱいである。

（でも、結婚するならしっかりしないと）

心の中で気合いを入れた紗良は、ハッとして由美子に向き直る。

「あのね、今日は由美ちゃんに相談があるんだ。アルバイト代で大翔さんに何かプレゼントしたいんだけど、大人の男の人に何を送っていいかわからなくて」

両親、そして、大翔の祖母へのプレゼントは、すでに目星をつけている。しかし、肝心の大翔だけは何をあげてよいのか見当がつかない。

「うーん、無難にネクタイとか？　それか、安積さんの趣味を踏まえた何かとか」

「趣味か……わかった、聞いてみる！」

せっかくなら、喜んでもらえるものをプレゼントしたい。やはり、あれこれ悩むよりも本人に聞いてみるのが一番よさそうだ。

さっそく今晩にでも聞いてみようと考えていると、由美子は「忘れないうちに」と、持っていたショップの袋を紗良に差し出した。

「これ、お祝い。紗良が悩んでたの知ってたから、安積さんにプロポーズされたって知って自分のことみたいに嬉しいよ」

彼女は、本当の姉妹のように紗良を可愛がってくれている。大翔のことで、相談に乗ってもらったことは一度や二度じゃない。だからこそ、今回、プロポーズをされたことを心から喜んでくれているのだ。

「ありがとう、由美ちゃん。開けてもいい？」

微笑んでお礼を言うと、由美子は「絶対に家に帰ってから開けて」と念押しする。

何をくれたのか不思議に思いながらも、紗良は頷いたのだった。

＊

同日の夜。

大翔は極秘で調査を依頼していた小松の件で、警務部の監察室へ足を向けた。

本当は早めに仕事を切り上げて紗良を迎えに行こうとしたのだが、由美子から、『紗良はわたしが送りますのでご心配なく』と連絡が入った。そのため、空いた時間で出向くことにしたのである。

「失礼、安積です」

監察室のドアを開けると、パソコンに向かっていた同期が顔を上げた。

ドアを閉めて歩み寄ると、「参事官様じゃないか」と揶揄するような声がかけられる。

今回の件で調査を頼んでいる三石だ。丸顔で神経質そうな顔立ちと、警官らしからぬ細身の体型はいかにも事務方である。

「いちいち突っかかる言い方をするね、三石」

面倒くさげに大翔が応じると、三石がニヤリと笑う。

「出世街道驀進中、警視庁きってのイケメンを前にしたら嫌味も言いたくなる」

「おまえの出世だって充分早いと思うけど？　エリート揃いの警務部に所属してるくせに、人の出世を羨むようなことを言うのはどうなんだろうね」

三石とのやり取りは、同期の気安さもあっていつもこんな感じだ。あいさつ代わりの軽口をたたくと、表情を改めた。

「で、小松が里中議員に情報を流している証拠は？」

「ったく。こっちも危ない橋を渡ってるんだからな。くれぐれも内密にしろよ」

「当たり前だ」

監察事案の調査は機密扱いになる。また、調査実施状況は、警視総監から公安委員会に報告することが義務付けられていた。

しかし、今回大翔と警視監の芳辰が目論んでいるのは、小松と里中の不正を〝同時に〟明らかにすること。警視庁の幹部が政治家と癒着し、捜査情報を漏えいしていたという醜聞を、議員の逮捕で相殺する目的が含まれている。

万が一にも監察の動きを悟られるわけにはいかない。警視総監や公安委員会への報告など、警察の威信を守る大儀の前には些細なことだ。それは、大翔と芳辰、監察官らの共通認識である。非違事案を明らかにし、結果さえ残せれば帳尻は合う。

「小松が公用車を使用した記録を精査して、不審な外出があった日時をピックアップした。車載カメラの映像に、議員と接触している姿が映っている。メールの送受信記録も入手済みだ。その中には、具体的な内容の記載が……ああ、ここだな」

三石はパソコンを操作し、当該記録を表示させた。確認した大翔は、「これなら逮捕できそうだな」と薄く微笑む。

「一之瀬警視監にも報告しておく。――くれぐれも動きは……」

「小松に悟られないように、だろ。誰に向かって言ってるんだ。精鋭揃いの監察室を舐めるなよな」

言葉を被せてくる三石に、大翔が苦笑する。

監察室に所属する者は皆、将来の幹部候補だ。警務部は幹部への登竜門と言われるくらいのエリート集団である。

三石の働きを心配しているわけじゃない。ただ、物事には多かれ少なかれほころびが生じることがままある。特に今回の事案は、議員の逮捕が絡んでいる。二課が年をまたいで取りかかっていた案件を潰すわけにはいかない。

「期待しているよ、敏腕監察官。二課の山本さんにもせっつかれてるからね。俺は、永田町界隈(かいわい)で議員の行動観察ついでに、政党の幹部に接触するよ」

「ああ、そこは参事官様の強みだな」

大翔はその立場上、永田町との関わりも深い。里中の所属する与党の幹部と非公式に情報交換することも視野に入れて行動している。

里中の逮捕は時間の問題だ。与党の最大派閥に所属する議員の逮捕となれば、国会で野党から厳しい追及を受ける。有権者の目が厳しくなり、現政権解散の方向へと世論が動けば、与党の幹部にとって厄介な事態だ。

そこで与党幹部の議員に里中逮捕の情報を事前に流してやり、党として対応できる時間を与える。もちろん、その際の見返りはもらうつもりでいる。

（祖父さんは、あまり好きなやり方じゃないだろうな）

大翔は、亡くなった祖父・忠勝の姿を思い出す。一本気で、曲がったことが大嫌いだった。組織に見捨てられてからも、祖父の目は曇ることなく職務を遂行していたと芳辰から聞いている。

逮捕や懲戒処分のための裏工作や取引など、生前の祖父はしなかっただろう。けれど、大翔は自身の信じる道を迷わず進んでいる。それが、自分の正義だからだ。

同期と二、三やり取りし、監察室を出ると、庁舎を出てすぐにタクシーを拾って帰路につく。そろそろ紗良も帰宅しているころで、早く顔を見たかった。

紗良と暮らし始めてからというもの、部屋へ戻る時間が格段に早くなった。彼女の作った夕食を一緒に食べたかったし、なるべくひとりで寂しい思いをさせないように努めている。可愛くてしかたないのだ。

（きっと、楽しそうに従妹とのやり取りを話してくれるんだろうな）

想像すると、自然と表情が穏やかになる。紗良のことを考えているだけでこうなのだから、本人を前にすれば締まりのない顔をしているのは自覚していた。彼女を初めて抱いたときから、それはもう顕著である。

紗良を抱いてからもう一週間経つ。その間にキスはしていたし、軽いスキンシップはしてきた。けれど、最後まではしていない。彼女の身体に負担をかけたくないからだ。

（そろそろしたいところだけど、あんまりがっついても紗良が可哀想だしな）

本当なら毎日だって彼女を愛したい気持ちはある。ただ、自分の欲望を素直にぶつけると紗良が壊れてしまいそうで怖い。

ほんの数十分前までは裏取引だ調整だとけっして綺麗とは言いがたい話をしていたのに、今はもう心が和らいでいる。

紗良を抱くのは、仕事が片付いてからでいい。この先ずっと一緒にいるのだから、焦る必要はない。

脳内で自分に言い聞かせているうちに、タクシーがマンションに到着した。

逸る気持ちのまま自宅の玄関前に来ると、ドアの鍵を開ける。紗良の靴があることに安堵しつつ部屋に入った大翔は、リビングのソファに座っている彼女を見て内心で首を傾げた。何かを考え込むように難しい顔をしているからだ。

「紗良？　ただいま」

「ひ、大翔さん！　おかえりなさい」

紗良はなぜかひどく動揺し、クッションの下に何某かを隠した。気になった大翔はとなりに座り、彼女の顔をのぞき込む。

「今、何隠したの？　紗良」

「由美ちゃんから、その……大翔さんにプロポーズされたお祝いをもらって……」

「それなら、お礼しないといけないね。何をもらったか、俺にも見せてくれる？」

至近距離でにっこり微笑んでみせる。

紗良がこの表情に弱いのは、一緒に暮らして気づいた。大翔が微笑むと、彼女はいつも可愛らしく頬を赤らめるのだ。

理由を聞いてみたところ、『家庭教師をしてもらっていたころを思い出すんです』と明かしてくれた。『大翔さんを好きだと初めて自覚したのが、算数の問題で正解して微笑んでくれたときだったんです』と。

そんなころから一途に想ってくれている紗良が、心の底から愛しく感じる。

「お礼は、後日にわたしがしますから……」

珍しく隠しごとをする紗良だが、やはり素直だと大翔は思う。もっと狡猾（こうかつ）であれば、秘密を持っていることすら悟らせない。そういう意味でとても微笑ましい。

由美子からのプレゼントなら、そこまで深刻な問題ではないだろう。

大翔は笑みを崩さぬまま、ごく自然にテーブルの上に視線を移動した。

そこには、分厚い一冊の本が置いてある。『世界の制服大全』——今まで家になかった書籍だから、今日購入したようだ。

「これ、アルバイト先で買ったの？」

「あっ、そうなんです。お店になかったので、注文して取り寄せてもらいました」

紗良は嬉々として書籍について語り始めた。

彼女はこの本がずっと欲しかったが、自分で稼いだお金で買いたかったのだという。それは、今まで望んでも叶わなかったことだ。

最初にアルバイトの話を聞いたときは、無理をして働く必要はないと大翔は感じていた。しかし、こうして喜んでいる姿を見ると、紗良が働きに出たのは間違いではなかったのだと思う。

大翔は紗良の顔をのぞき込み、自分の膝の上をポンポンとたたいた。

一緒に住み始めてから、何度となく彼女を膝の上に座らせた。純粋に、紗良に触れていたい想いと、自分が受け入れられているのだと確認したい気持ちからだ。

紗良は、照れながらも大翔の望みどおり膝に座った。肩を抱いて体勢を安定させると、彼女の耳朶に唇を寄せる。

「ありがとう、紗良」

「い、いえ……」

肩を縮こまらせている紗良は、なんとも言えず可愛らしい。だから、つい意地悪をしたくなる。もっと恥ずかしがらせて、自分のことだけしか考えられなくさせたい。

「欲しかった本、買えてよかったね。紗良の制服好きは筋金入りなんだ？」

自分の中の欲望を隠して告げると、くすぐったそうに身を竦めた紗良は、「素敵な制服がたくさんありました」と嬉しそうだった。

「大翔さんに似合いそうな制服がいっぱいありましたよ」

「ふうん？　どんな制服？」

話を振ると、紗良は楽しそうにいろいろな職種を挙げた。パイロットや他国の警官の制服、果ては軍服まで。熱っぽく語る姿は微笑ましいと思う一方で、その熱量を自分に向けたいと思ってしまう。

「紗良が望むなら、どんな格好でもするよ。軍服でもパイロットの制服でもなんでも着るつもりだから言って。俺に何してほしい？」

言いながら、紗良の唇を啄むように口づけた。

彼女に告げたのは本心だ。もしもコスプレをしてくれと言われたら、なんでもしてあげたい。大翔にそういった趣味はないが、紗良を喜ばせられるならそれでいい。長い間、自分のせいでつらい思いをさせていた。だから今後は、紗良がいつも笑顔でいられるように守っていきたい。

想いをこめて口づけているうちに、最初は軽めだったはずのキスが少しずつ深まっていく。唇の合わせ目からそっと舌を挿し入れると、紗良がくぐもった声を漏らした。

「ん、ぅ……っ」

舌を搦め捕り、擦り合わせる。柔らかな粘膜を重ねる感覚にぞくぞくする。彼女のつたない動きがよけいに欲望を煽り、肩を抱いている手に力がこもった。

（このままここで、押し倒してしまおうか）

不埒（ふらち）な欲望が頭を擡（もた）げる。しかし大翔は懸命に理性を呼び起こし、自身の欲を封じることに専心した。彼女の身体を慮ってのことだ。

まだ幼いころの紗良は、体調を崩してベッドの上で過ごすことが多かった。見舞いに訪れたとき、大翔の顔を見たら笑顔を浮かべていたが、それでも寂しそうだった。けれど、彼女の強いところは、置かれた状況を嘆くだけではなかったことだ。

『紗良ちゃん、部屋の中にずっといて退屈してない？　何か欲しいものがあれば、次にくるとき持ってくるよ？』

大翔が優しく声をかけると、紗良は首を左右に振った。

『ううん、大丈夫。わたし、丈夫な身体になりたい。お父さんとお母さん、お祖父ちゃんに心配かけたくないから……だから、今はおとなしく寝てる』

幼いなりに、彼女は周囲を気遣っていた。調子が悪くなると、自分の父母らが心配することに心を痛めていた。

紗良を初めて抱いてからまだ一週間だ。ここで無理をさせて倒れるようなことがあれば、彼女はまた罪悪感を持つだろう。

唇を離した大翔は、心の中に渦巻く欲望などいっさい感じさせないように、余裕のある笑みを湛えてみせた。

「俺にさせてみたい格好は決まった?」

「大翔さんは……何着ても似合うと思います。でも、一番好きなのはスーツです。だって、スーツを着ている大翔さんは、いつ見てもすごくかっこいいから」

彼女の中で大翔のイメージは〝スーツ〟が根強いらしい。たしかに、許嫁になった時点で警視庁で勤務していたし、たまに会うときもスーツが多かった。

「じゃあ今も、ドキドキしてくれてる?」

至近距離で尋ねると、紗良は小さく頷いた。瞬間、先ほど装った余裕が瞬く間に失せていくのを感じて息を呑む。

可愛い、抱きたい。思う存分彼女を貪り、体内に欲を注ぎ込みたい。

欲望が膨れ上がり、脳内ではすでに紗良の服を剝ぎ取っていた。小柄な身体に覆い被さって、豊かな胸にむしゃぶりつきたい。足を広げ、ぬかるんだ秘部に顔を埋めて舐め回し、よがり狂うまで感じさせたい。

完全にスイッチが入ってしまい、下肢に熱が蔓延っていく。

それでも理性を働かせ、キスだけで満足しろと己に念じていたときである。

（あれは……）

先ほど紗良が隠した〝近藤由美子からのお祝い〟が、クッションの下からのぞいていた。小さな袋に、リボンがかけられているそれに何気なく手を伸ばす。すると、気づいた彼女が慌てて止めようとしたものの、それよりも先に袋を開いた。

次の瞬間、予想外の〝プレゼント〟に大翔は目を丸くした。中に入っていたのは、いわゆるコンドーム——避妊具だったのである。

「そ、それは、あの！　由美ちゃんがお祝いで！　他意はないというか……っ」

「うん、わかってるから落ち着いて」

どうりで紗良が慌てるはずだ。隠しごとがバレてしまった彼女はそうとう恥ずかしいのか、あたふたとしている。それもまた可愛いらしく、構いたい気持ちはあるものの、今は目の前の代物に複雑な心境を抱いている。

避妊具を紗良に贈った近藤由美子に悪意はないだろう。だが、大翔は警告を受けたような気持ちになった。

本庁で流れている心ない噂を紗良に話した由美子に、『よけいなことを言うな』と婉曲に伝えたことがある。彼女は理解を示し謝罪したものの、逆に大翔にも釘を刺してきた。

『紗良がずっと悩んでいたのを知っている身としては、許嫁関係を解消すればよかったのにって思います。でも、紗良はあなたが好きだから、わたしはあの子を応援する。……あの子を絶対に泣かせないでくださいね。それと、無理をさせないで。今まで放置していた分、大事にしてくれないと許しませんから』

由美子は紗良を心から案じていた。彼女を大事に思っているのは、大翔も同じだ。だから、『もちろんです』と応じ、その場を和やかに終わらせたのだが。

（……けん制だな、これは）

紗良に無理をさせるな、と由美子は言った。大事にしてくれ、とも。その彼女が、なんの意味もなく避妊具を渡すはずがない。

「紗良は、みんなに愛されてるね」

まだ動揺して赤面している紗良に声をかけ、頬にキスを落とす。彼女はわかっていないようだが、従妹のプレゼントの意味をわざわざ言う必要はない。

「今度、近藤さんにお返しする品をふたりで選びに行こうか」

「え……っ」

「デートしよう。紗良も、仕事と家事ばっかりじゃなく気分転換したいでしょ」

「嬉しいです……！」

紗良は言葉にたがわず、満面の笑みを見せる。その表情にまたしても煽られそうになった大翔は、深呼吸して自身を落ち着かせた。

「可愛いって、時に凶器だね。初めて知ったよ」

思わず口から洩れた本音に、「なんのことですか？」と、紗良が目を瞬かせている。

「なんでもないよ。俺はシャワーを浴びてくるから、眠くなったら寝てていいからね」

紗良を膝から下ろして立ち上がった大翔は、自分の欲望を無理やり抑えつけた。

＊

数日後。紗良は、大翔とデートをするための準備をしていた。

アルバイトは休みなので、家事をしてから出かけるつもりだった。大翔とは仕事終わりに駅で待ち合わせをして目的地へ向かうことになっている。

（遊園地に連れて行ってもらって以来のデートだけど……あれから大翔さん、前よりも過保護になった気がするな）

もともと優しい人だったが、さらに拍車がかかっている気がする。眼差しも口調も甘さが混じり、一緒にいると常にほわほわと浮かれた気分になってしまう。

ただ、そんな幸せいっぱいの生活の中で、ひとつだけ不思議なことがある。初めて結ばれて以降、大翔は紗良を抱かないのだ。

そういう雰囲気にはなる。けれど、彼はなぜか最後までしなかった。

（キスしたり触ったりはするのに、どうしたんだろう？）

同棲してからの大翔は、物腰の柔らかさとは裏腹に意外と肉食だった。抱かれる前も身体に触れられたし、たくさん愛撫された。

しかし初めて抱かれてからは、彼は紗良を高めるだけ高めて自分の欲を果たすことはなかった。それがなぜなのか、男女の経験に乏しい紗良が察するのは難しい。

この前、由美子からもらったプレゼントが彼に見つかったときもそうだ。とてもいい雰囲気だったのに、濃厚なキスだけで終わってしまった。本当はもっと触れ合いたかったけれど、自分から誘う勇気はない。

（って、これじゃあ欲求不満みたいじゃない……！）

自分の考えが恥ずかしくなり、ひとり脳内で突っ込みを入れる。

大翔に抱かれる前は、女性として触れてもらえるだけで嬉しかった。それなのに今は、もっと深く彼とつながりたいと思ってしまう。

初体験を経て貪欲になってしまった。愛される心地よさを、求められる喜びを知ってしまったからだ。

（……こんなふうに考えるのって変なのかな）

キスをしたり身体をまさぐられたりすると、初体験で得た感覚が蘇ってくる。肌を隅々まで愛され、体内を暴かれ、彼を受け入れた喜びは深く紗良に刻まれていた。

「大翔さんに言ってみよう、かな……」

自分だけで悶々と考えていても答えは出ない。ほかの誰にでもなく、まず大翔に相談するべきだ。彼なら笑ったり煩わしく思ったりせず、真剣に話を聞いてくれる。もしも、性的なことを大翔が望んでいないのなら、それでもいい。たとえ抱かれなくても、紗良が大翔を好きなことに変わりはない。

「機会を見つけて話してみよう」

決意を声に出した紗良は、不意にめまいを覚えた。肌にぞわりとした感覚が走り、身震いする。久しぶりのこの感覚は、もう幾度となく経験した。発熱の予兆だ。

（どうしよう……これから大翔さんとデートなのに）

今はまだたいしたことはないが、あと数時間もすれば肌が妙に敏感になり、頭がぼうっとしてくる。そうなるとすでに発熱していて、しばらく下がることはない。

最近はずっと体調がよかったのに、よりにもよってデートの当日に体調を崩すなんてタイミングが悪すぎる。

大翔との待ち合わせまでは、約二時間程度。ここで無理をして出先で具合が悪くなれば、彼に迷惑がかかる。心配させるのは本意ではないし、今日のデートは中止にしてもらったほうが賢明だろう。

申し訳なさと情けなさで肩を落としながら、紗良は大翔に連絡を入れた。

パジャマに着替え、ベッドの中に入るころには、案の定熱が上がっていた。

やはり自分の判断は正しかった。そう思う一方で、気持ちはどうしても沈んでしまう。アルバイトを始めてからは、少しだけ自信が持てた。でもこうして体調を崩すと、気持ちが弱くなる。十代のころベッドの上で過ごすことが多かった経験は、紗良からたやすく自信を奪ってしまう。

(大翔さんに、あのころのわたしを思い出してほしくない)

虚弱体質ですぐに発熱しては、周囲を心配させていた子どものころ。今はアルバイトができるくらいに丈夫になったのに、こうして体調を崩すと『無理をするな』と過保護な扱いを受ける。紗良はそれがつらかった。

気にかけてもらえるのはありがたい。けれどもう保護されるだけの子どもではなく、自分の足で立てる大人なのだ。もちろん、目標とする大人の女性には程遠いが、大翔のとなりにいても恥ずかしくない自分になろうと努力の最中だ。

（だから……あんまり、過保護にしないで。心配しなくても、大丈夫だから）

「大翔さん……」

熱に浮かされた紗良が、夢とうつつの狭間で呟いたときである。

「紗良？　苦しい？」

優しい声とともに、額に冷たい感触がした。ふっと目を開けると、ベッドの縁に腰を下ろした大翔が、気遣わしげに眉をひそめていた。

彼は冷やしたタオルを紗良の額にのせ、頬をそっと撫でる。

「汗を掻いているようだし、着替えたほうがいい。何か食べられそう？」

「いえ……今は、いいです。大翔さん、今日、ごめんなさい……」

「デートはいつでもできるから気にしないでいい。それよりも、紗良の体調のほうが大事だよ。少し疲れが出ているのかもね」

言いながら、コンビニの袋からスポーツドリンクを取り出した大翔は、飲みやすいように蓋を緩めてくれた。

「とりあえず、水分はとること。紗良が食べられそうなものを作ってくるから、それまでゆっくり寝てなさい」

「ごめん、なさい……」

「違うよ、紗良。ここは謝るところじゃない。〝ありがとう〟でしょ？」

紗良に微笑みかけると、彼は寝室を出て行った。

大翔が帰宅したということは、すでに陽も沈んでいる時間だろう。紗良は身体を起き上がらせると、彼が買ってきてくれたスポーツドリンクを飲んだ。

熱で力が入らない紗良のために、彼は蓋を緩めていた。それは、子どものころ寝込んでいたとき、見舞いに来てくれた際に必ずしてくれていたことだ。

昔から大翔は優しかった。彼のこういう気遣いは、紗良の心に少しずつ積み重なっていき、恋心へと昇華した。

（……もうこれ以上、迷惑をかけたくないな……）

ふたたび横になり、しばらくうとうと眠っていると、部屋に人が入ってきた気配がした。大翔だ。彼の気配を感じながらも、まだ怠くて起きられない。すると、額にふたたび冷たい布が置かれた。

ふ、と紗良が瞼を開ける。気づいた大翔は、「おかゆを作ったよ」と、サイドテーブルの上に鍋を置いた。

「薬は飲んだ？」

「はい……夕方に、一回だけ」

「薬はもう少し時間を空けて、おかゆを食べてから飲んだほうがいいね。蒸しタオルがあるから、先に汗を拭いてから着替えようか。自分で脱げる？」

何から何まで至れり尽くせりで、申し訳なく思いながら小さく頷く。

「わたし、あとはひとりでできますから。大翔さん、ごはん食べましたか……？　温めるだけで食べられる料理を作って、冷蔵庫に入れておいたので」

「うん、見たよ。あとで食べさせてもらうから、今は自分のことだけ考えて。それと……俺は紗良のことを構うのが好きだから、嫌がっても世話するからね？」

圧を感じさせる微笑みを向けられ、遠慮を封じられてしまった。紗良は「すみません」と謝罪を口にし、パジャマを脱ぎ始める。

彼は、スーツの上着とネクタイを外し、シャツを腕まくりしている。着替える間も惜しみ、紗良が寝ている間に着替えやおかゆを用意してくれたのだ。

大翔に背を向けてパジャマを脱ぐと、「触れるよ」と声をかけられた。それと同時に髪を避けられ、温かい布でそっと背中を拭われる。

「熱くない？」

「……平気、です……」

「紗良は体調を崩して罪悪感を覚えてるみたいだけど、誰だって具合が悪くなることくらいあるよ。あまり気にしすぎないこと。いいね？」

子どもに言い含められるように告げられ、紗良はますます恥ずかしくなった。

彼に抱かれて払しょくできたはずの劣等感が脳裏を過ぎるのは、幼いころから長いこと感じていたコンプレックスが強いから。

自分は子どもで無力で、なんの役にも立てない。そんな後ろ向きな思いが、熱とともに表面に現れる。

「……わたし、大翔さんの役に立ちたいんです。でも、上手くできないから、つらくてもどかしくて。だから」

「役に立つって、たとえば何を想定してるの？」

「それは……」

家事もアルバイトも完璧にこなして、大翔の負担にならないようにしたい。紗良と暮らしてよかったと、一緒にいたいと思ってもらいたいのだ。

熱で浮かされた思考で取り留めなく語ると、「可愛いね」と呟いた大翔は、丁寧に紗良の背中や腕、脇を拭いながら、「嬉しいよ」と続けた。

「紗良が頑張ってくれてるのはわかってる。でもね、〝役に立たないと〟って囚われすぎても駄目だよ。だって俺は、きみが一緒にいてくれるだけで癒やされてるし毎日が楽しい。それだけじゃ駄目？」

「……けど、大翔さんは完璧だから。釣り合うためにはもっと頑張らないと」

「俺は、きみが思っているほど完璧じゃない。それは、きみのご両親やお祖父さんも一緒

だと思うよ。ただ、紗良の努力は尊重するし、俺のためにって考えてくれるのは嬉しい」

諭すような声音で告げた大翔は、紗良の肩に触れた。

「こっち向いて。前も拭くから」

「そ、それは自分で……」

「こういうときは遠慮しないこと。ね、紗良」

遠慮をしているわけじゃなく恥ずかしいのだが、そんなことは大翔も承知しているだろう。本当は自分でやりたいけれど、ここで変に意識していても手間をかけさせてしまう。

紗良は脱いだパジャマで胸を隠し、おずおずと振り返った。すると、彼がひどく甘やかな眼差しをしていたことに気づき、鼓動が撥ねる。

(こんな……愛しそうにわたしを見てくれてるんだ)

自覚して照れくさくなったとき、大翔が紗良に手を伸ばす。

「隠していたら拭けないよ。手、どけて?」

「っ……」

大翔の声が耳朶を打つ。柔らかい口調だが、逆らえない強制力がある。いや、紗良自身が彼に従いたいと思っている。優しく扱ってくれると、わかっているから。

ゆっくりと腕を下ろして胸を晒すと、「いい子」と言った彼は、撫でるような繊細な動きで肌を拭いてくれた。鎖骨から胸の谷間へ降りてきた手がふくらみを持ち上げ、胸の輪郭にタオルを滑らせる。

（変な気分に、なっちゃいそう……）

「もう、大丈夫です……ありがとうございます……大翔さん」

「そうだね。じゃあ、新しいパジャマに着替えて。ここに置いておくから」

大翔の手つきに、いやらしさはまったくなかった。自分ひとりが意識しているのがいたたまれず、紗良は背を向けて新しいパジャマに袖を通す。

「おかゆ、食べちゃおうか。『あーん』ってする？」

「しっ、しないです！」

「そう言うと思った。俺は、ちょっとやってみたかったんだけどな」

本当にやりたそうな大翔の様子に、紗良は思わず微笑んでしまった。

体調を崩したときは、昔から後ろ向きな気持ちが増幅していた。身体の弱い自分が嫌で、ひとりで泣いたこともある。でも今は、大翔がいてくれる。弱音を吐いても掬い上げ、前向きにさせてくれる。

「……大翔さんは、わたしに何かしてほしいことありますか？」

着替え終えた紗良は、彼にもらった気持ちに応えたくて尋ねてみる。大翔はやや考える素振りを見せると、綺麗に微笑んだ。

「紗良から、俺を求めてほしい、かな」

「えっ……」

「俺が欲しがるだけじゃなく、紗良にも欲しがられたい。……そんなことになったら、俺の理性が壊れるだろうけど」

ボソッと付け加えられた言葉を聞く前に、大翔の言葉を何度も反芻する。

(受け身なだけじゃなく、わたしが積極的になったら喜んでくれるんだ)

彼の本音を聞いた紗良は、ある決意を胸に秘めた。

——一週間後。体調不良で果たせなかった大翔とのデートをやり直すため、紗良は待ち合わせ場所の駅改札口で彼を待っていた。デートといっても由美子へのお礼の品を見つけるのが主な目的のため、まずはデパートを巡ることになっている。

(今回は熱が出なくてよかった)

無理をしなかったのが幸いしたのか、発熱した翌日には回復していた。大事をとってその日はバイトを休んだものの、その次の日からは復帰している。

幼いころは、熱を出したら一週間はベッドから動けなかった。昔の自分との違いを実感できるのは嬉しかった。

「紗良、お待たせ」

「お疲れさまです、大翔さん」

待ち合わせ時間よりも早く大翔が到着した。すぐに紗良を見つけた彼は、ごく当たり前のように手を握ってくる。指をしっかりと搦められ大翔を見上げると、「行こうか」と微笑みかけられてドキリとした。

かっこいい。素敵だ。彼を褒めるには、語彙が足りなくて困る。とにかくどんな男性よりも大翔は輝いているし、実際、乗降者数の多い駅舎の中でも存在感が際立っている。

(今日は、大翔さんの希望も叶えなきゃ)

この日のための計画を脳裏で描きつつ、彼の手を握り返す。一週間前に聞いた〝希望〟を叶えるべく、今日は気合いを入れていた。

『俺が欲しがってるだけじゃなく、紗良にも欲しがられたい』

このデートで、大翔の願いを実行しようと思っている。この一週間、どんな手段を用いるのがいいか考えたが、結局ストレートに誘おうという結論に達した。

体調は万全だし、懸念材料は何もない。何よりも、ふたりは初めて結ばれてから、二度目がまだない。紗良にとっては、自分から彼を求めるにはまたとない好機である。

本当は恥ずかしい。でも、大翔の願いなら羞恥心なんて我慢できる。それに、彼だけではなく、自分自身も触れ合うことを望んでいる。

紗良は彼を見つめながら、何度も脳内でシミュレーションを重ねた。

プレゼントとして避妊具をよこした近藤由美子へのお返しを選ぶという名目で、紗良とデートをしていた大翔は、目的そっちのけでひたすら彼女に視線を注いでいた。

いや、正確には、目的を適当に果たしつつ、紗良とのデートメインで行動しているといったほうが正しい。

（せっかくのデートだし、お返しなんて正直どうでもいいんだよな）

紗良には言えない大翔の本音である。

駅と連結しているデパートへ入って適当な店にあたりをつけると、さりげなく紗良を誘導した。入ったのは女性が好みそうな雑貨店で、店内を嬉しそうに見て回る彼女の姿に満足する。

「近藤さんへのお返しのほかに、何か欲しいものがあれば買うからね」

商品が陳列された棚を真剣に眺めていた紗良は、大翔の声に笑顔を浮かべた。

「ありがとうございます。でも今日は、両親と大翔さんのお祖母様へのプレゼントも買いたいんです。自分で働いたお金でプレゼントするのが目標だったので」

「それは、みんな喜ぶと思うよ」

週三日のアルバイトでは、そう多く給料はもらっていないだろう。自分ですべて使っても誰にも咎められることはないのに、紗良は周囲の人々に優しい気遣いを見せる。大翔が好きなのは、彼女のこういうところだ。

微笑ましい気持ちで頷くと、紗良は少し照れくさそうに大翔を見上げた。

「大翔さんにも、プレゼントさせてもらえませんか？」

「俺に？」

「ふだんからお世話をかけているお礼というか、その……たいしたものは買えませんけど、何か贈りたいんです。本当はサプライズしたかったんですが、大翔さんの好みの品を一緒に選ぶのもいいかと思って」

紗良の言葉に、ほぼ無意識に彼女の肩を引き寄せた。

純粋に、嬉しかった。慣れない環境で大変だろうに、自分のことを想ってくれている。気持ちだけで充分なのだが、ここは素直に贈り物を受け取るべきだろう。そのほうが紗良も喜ぶことを大翔は心得ていた。

「ありがとう。紗良からプレゼントされるなら、飴ひとつでも嬉しいよ」

「飴ひとつだと食べて終わっちゃいます。やっぱり、身に着けてもらえるものがいいです。ネクタイとかハンカチとか。アクセサリー……は、大翔さん着けないですもんね」

彼女は、プレゼントを何にするかでそうとう悩んだようだ。しかし、大翔に喜んでもらいたい一心で、今日のデートで一緒に選ぶことにしたらしい。

同棲を始めてからというもの、これまでよりももっと紗良を愛しく思う。ここが公共の場でなければ、抱きしめてキスをしていたところだ。

「俺のために一生懸命考えてくれて嬉しいよ。紗良から身に着けるものをもらったら、もったいなくて使えないかも」

心の底からの礼を告げて微笑むと、紗良は「大翔さんは大げさです」と恥ずかしそうにしている。本来、女性に対してこうも甘く接することはない。だが、許嫁になってからしばらくの間つらい思いをさせていた分も、言葉を惜しまず伝えようと思っている。

「それじゃあ、ご両親へのプレゼントから選ぶ?」

「両親と大翔さんのお祖母様に贈る物はもう決まっているんです。だから、由美ちゃんへのお返しと大翔さんへのプレゼントを先に考えさせてください」

紗良は生真面目に断りを入れ、商品の棚を食い入るように見ている。大翔はその場で視線を巡らせ、目に入った品を指さした。

「近藤さんにあれはどうかな?」

大翔が指さしたのは、卓上用のアクアリウムだ。円形の水槽に人工クラゲが浮いており、LEDライトで発光させると水に揺蕩うクラゲが美しく映える。ちょっとしたインテリアにぴったりの品だ。

従妹へのプレゼント選びは早く済ませ、紗良の意識を完全に自分へ向けたい。そんな思いから提案したのだが。

（大人げないな）

反省したものの、アクアリウムを見た紗良は、「わたしでは絶対に考えつかなかったです」と尊敬の眼差しを向けてくる。紗良のように真剣にプレゼントを選んだわけではないだけに、素直に褒められると罪悪感があるけれどそこは無視した。

「プレゼントするには手ごろじゃないかな。仕事でのストレスも、クラゲを見てれば解消できそうだし」

後付けの理由を述べると、「あれにしようかな」と紗良は検討を始めた。

（素直なところは紗良の美徳だ。でも、さすがにここまで信用されると申し訳ない気分だ）

折しも思いどおりの展開になったものの、少々気まずい思いをする大翔だった。

その後は、メンズショップをはしごして、自分が身に着ける品を紗良と選んだ。彼女はいろいろ迷っていたが、結局ネクタイを選んでいる。

ふたりで一緒にあれこれと買い物をする時間は、大翔に癒やし効果を与えた。彼女はいつも一生懸命に相手のことを考えるものだから、愛情を感じることができるのだ。

「ネクタイありがとう。大切に使わせてもらうよ」

「喜んでもらえてよかったです」

買い物を終えた紗良は、達成感を覚えているのか、表情がとても明るかった。レストランで食事をする間も楽しそうで、大翔は内心で安堵する。

(そういえば、幼いころの紗良もこうして笑っていたな)

体調のこともあり不自由を強いられていたが、それでも紗良はよく笑う子どもだった。家庭教師をしていたとき、宿題をきちんと済ませたことを褒めると嬉しそうに笑い、難問を解いた際に頭を撫でると照れくさそうにはにかんだ。

彼女を〝結婚相手〟として意識したのはここ数年だ。自分を気遣う、大人びた――凛とした姿に惹かれた。

けれど、それはきっかけに過ぎない。紗良と過ごした時間の積み重ねが、降り注ぐ雨が大地を潤わせるように、大翔の気持ちを育てた。そして現在は、同棲を経て募った愛しさが、日に日に強くなっている。

(紗良は何をしていても可愛い。ただそこに立っているだけでキスしたくなる)

大翔が今考えていることを紗良が知れば、おそらく照れるだろう。それだけならまだいいが、引かれるかもしれないという心配もないわけではない。

要するに、紗良が愛しくてしかたない。嫌われる真似はしたくないし、その可能性は徹底的に排除する。それが大翔の愛し方だ。若干重い自覚はあるも、改めるつもりはない。

「あの、大翔さん。お願いがあるんです」

「うん、なに?」

食事を終えてタクシー乗り場へ向かおうとしたところで、紗良が意を決したように大翔を見上げる。

そんなしぐさすら可愛くて、願いなどなんでも叶えてあげたいと思う。

(我ながら、自分がこんな状態になるとは思わなかったな)

自分自身に苦笑しつつ、紗良の顔をのぞき込む。すると彼女は、「マンションに戻る前に、寄りたい場所があるんです」と言った。

「なんだ、そんなこと? もちろんいいよ。どこに行くの?」

「……秘密です。でも、できれば……電車で移動したいです」

一瞬の間ののちそう答えた紗良は、なぜか視線を泳がせる。

どこへ行きたがっているのか気にならないわけではないが、到着すればわかることだ。

それよりも今は、願いを叶えたかった。

「わかった。じゃあ、駅に行ったあとは案内してくれる?」

「はい……わかりました」

ホッとしたように頷いた紗良は、どこか緊張しているようだった。

彼女は遠慮があるのか、あまり大翔に甘えてくれない。もっとどろどろに甘やかしたいのだが、それにはまだ時間がかかりそうだ。

「紗良にもらったネクタイは、次の出勤日にしていこうかな」

駅に向かう道すがら、思いつきを口にする。紗良は、「使ってもらったら嬉しいです」と言い、照れたように微笑んだ。

「わたし、大翔さんのネクタイを締めてみたいです。いつか、結ばせてくれますか？」

「いつかと言わず、いつでもいいよ。紗良のお願いはささやかだから、今すぐにでも叶えられるものばかりだしね」

たとえば彼女の願いが実現不可能なことであっても、大翔はなんとか叶えようとする。それこそ、培ってきた人脈や金を使うことも厭わない。しかし紗良は、無理難題は言わない。願いと呼ぶには小さな希望を言うのみだ。

「今度もらったネクタイを着けるときは、紗良に結んでもらおうかな」

大翔が告げると、紗良は「結び方を勉強します」と喜んだ。ささいなことで嬉しそうにする彼女を見て、これからは彼女が喜ぶことだけをしていこうと心に誓う。

話しているうちに改札を抜け、ホームに来たところで、紗良が示したのはマンションの最寄り駅に停車する路線だった。

タイミングよく滑り込んできた電車に乗ると、帰宅ラッシュを少し過ぎた時間だからか、人の塊に押し潰されるような状況ではなかったものの、座席の前に人が立つくらいには乗客がいた。

大翔は紗良をドア付近に誘導し、ほかの乗客からの盾になった。彼女の身体を囲うようにドアに手をつき、ふっと微笑む。

「思えば、こうして一緒に電車に乗るのも珍しいね。疲れてない？」

「はい……大丈夫です」

答えた紗良は、やや緊張した面持ちで車内の電光掲示板を眺めていた。まるで、目的の駅を見逃すまいとしているかのようだ。

果たして彼女は、自分をどこへ連れて行こうとしているのか。

大翔が状況を楽しんでいると、紗良はマンション最寄りの三駅手前で電車を降りた。駅周辺には大きなデパートもなければ、有名店の類もない。あるのは、居酒屋かキャバクラくらいである。

「紗良、この駅でいいの？」

思わず尋ねた大翔だが、紗良は小さく頷くのみである。

（俺が知らないだけで、紗良の興味を引く何かがこの街にあるのか？）

不思議に思いながらも問うことはせず、彼女と一緒に歩く。すると紗良は目抜き通りを外れ、薄暗い路地裏へと足を向けた。

（……おいおい、嘘だろ）

路地裏に足を踏み入れた大翔は、一瞬息を呑んだ。そこは、いわゆるラブホテルが乱立する場所だったからである。

そもそも降りた駅自体、ホテル街の代名詞のように周知されている。しかし、紗良がラブホテルを目当てにこの場に来たとは考えられず、大翔は珍しく動揺する。

「……紗良。この道の先に行きたい場所があるの？」

自分が知らないだけで、ホテル街を抜けた先になんらかの店があるのかもしれない。そう考えたものの、紗良はゆるゆると首を振った。

「違います……大翔さんと、泊まりたくて来たんです」

消え入りそうな声だったが、大翔は聞き逃さなかった。

泊まりたいということは、つまり――紗良から誘われているのだ。自覚すると、理性という名の鎖があっけなく壊れかける。

（落ち着け。紗良が理由もなく俺をホテルに誘うわけは……）

「駄目ですか……？」

冷静になろうとしていた矢先、スーツの裾を軽く引かれた大翔は、次の瞬間には紗良の肩を抱いて無言でホテルに入っていた。

シティホテルと変わらない外観の建物の中に入り、素早く部屋を選んで紗良とエレベーターに乗る。その間は互いに無言で、自分の鼓動の音だけがやけに耳についた。

カードキーを端末にスライドさせて部屋に入ると、紗良を促しソファに座る。落ち着け、と自身に何度も言い聞かせなければ、すぐにでもベッドに押し倒してしまいそうだった。

「紗良……どうして俺とラブホテルに泊まりたいと思ったの？」

大翔はなるべく平静を装い、彼女の顔をのぞき込む。

恥ずかしそうに目を泳がせていた紗良は、やがて意を決したように視線を合わせた。

「『俺が欲しがるだけじゃなく、紗良にも欲しがられたい』って、大翔さんが言っていたので……どうすればいいか悩んで、デートの帰りなら自然に誘えるかと……」

マンションで自ら誘うのは難易度が高いと紗良は言う。

たしかにラブホテルの前まで来れば、否応なしに目的は理解できるだろう。だが、なかなか振り切れた方法を選んだものだと感心してしまった。それと同時に、腹の奥底からふつふつと喜びが沸き上がってくる。

「俺のために、ここに来てくれたんだ？」

「大翔さんのため、なんて……そんな偉い行動じゃないんです。ただ、喜んでもらいたかったし、その……わたしも、触れてもらいたかったから」

初めて抱いて以降、無茶をしないように自分を律していた。由美子に釘を刺されるまでもなく、紗良を大事にするために自分の欲望だけをぶつける真似はしなかった。

（でも、紗良から『触れてもらいたい』なんて言われたら……もう無理だ）

願いを叶えてくれようとする彼女の健気さが愛しくてしかたない。

大翔はこれ以上ないほどに甘い笑みを浮かべると、紗良の柔らかな頬に指を滑らせた。

「きみは、俺を喜ばせる天才だよ。けっしていい婚約者じゃなかった俺を、どうしてそんなに甘やかしてくれるんだろうね？」

「えっ、それを言うなら大翔さんこそ。いつもわたしを喜ばせてくれるじゃないですか」

大翔の言葉を聞き、紗良は心底不思議そうにしている。

気づいていないのだ。大翔にとって、彼女に求められることがどれほど嬉しいのかを。

紗良は鈍感というわけではない。にもかかわらず、こんなに簡単な事実に気づかないのは、これまでの大翔の行いが原因だ。

子どもだった許嫁を、表面上しか大切に扱わなかったどころか放置していた。もちろん、仕事で忙しかったこともある。警察官になってから現在までの間で、キャリアを重ねていくことのみを第一に考え、プライベートは切り捨ててきた。

しかし大和のそんな行動が、紗良の自己肯定感を失わせてしまったことは否めない。だからこそ、婚約破棄を言い出すまで追い詰めてしまった。

（この後悔は、ずっと俺が背負っていくべきものだ。もう二度と紗良を悲しませないという戒めにもなる）

「ベッド、行こうか」

大翔は立ち上がり、紗良の手を引いた。

外観はビジネスホテルと変わらなかったが、部屋は一歩足を踏み入れた時点でラブホテルの雰囲気満載だった。壁面や天井には鏡が配置され、ベッドの上を映し出している。ドアを開けてすぐにある浴室は全面ガラス張りで、部屋のどこからでも中を見られる。

(怪しいところはなさそうだな)

仕事柄、大翔はこうしたホテルの形態にも詳しい。事件の発生現場になることがあるからだ。ホテルの経営者が客のセックスを隠し撮りし、無修正で違法に販売していた事例もある。むろんこのホテルには、今までそういった検挙例がないから選んだのだが。

「大翔さん、あの……シャワーを……」

「浴びてもいいけど、紗良のシャワーしてる姿を隅々まで見ることになるよ？」

紗良と一緒にベッドに座り、視線を浴室へ向ける。途端に赤面した彼女を見て、もっと恥ずかしがらせたい衝動に駆られた。

意地悪をしたいわけじゃない。ただ、自分を受け入れてくれている実感が欲しかった。どこまでなら許してくれるのか、〝紗良から誘われた〟稀有な機会に確かめておきたい。

「今日は、このまま抱こうか」

「え……」

「この前、俺のスーツ姿が好きだって言っていたから。それとも、ほかの制服がいい？　このホテルは、オプションでコスプレ衣装も用意しているみたいだよ」

　立ち上がった大翔がクローゼットを開けると、そこには様々な衣装が揃っていた。このオプションについては、部屋を選ぶ際に確認済みである。

　けれども紗良は、焦った様子で思いきり首を左右に振った。

「いえ！　大丈夫です……」

「それなら、紗良だけ服を脱いでもらおうかな」

　ふたたびベッドに戻ってきた大翔は、ジャケットのボタンを外してネクタイを緩めた。紗良のとなりに腰を下ろし、正面から彼女を抱きしめる格好で背中のファスナーを下ろす。

「服が皺になるといけないし、ね」

「そう……ですね」

　紗良は大翔の腕から抜け出すと背を向け、自身の肩から服を抜いた。下着だけの姿になり、脱いだ服を丁寧に畳んで傍らの椅子に置く。真面目な性格ゆえの行動だろうが、今だけは勘弁してほしいと思う。

「おいで、紗良」

　すぐにでも細い肩を抱きしめて組み敷きたい思いを抑え込みつつ、大翔は紗良を自分の正面に来させた。

「どこに触れてほしいか言って？　俺にどうされたかったのか、紗良の口から聞きたい」

ねだるように告げると、紗良はゆでだこのように顔を赤くした。それどころか、首から肩まで真っ赤に染まり、全身で羞恥を訴えてくる。

可愛い。もっと恥ずかしがらせて、どろどろに溶けるほど甘やかしてしまいたい。

そんな凶悪な欲望をおくびにも出さず、華奢な身体を背中から抱きしめた。耳朶に唇を寄せて吐息を吹きかけてやると、紗良の肩が上下する。

「言わないなら、俺の好きにさせてもらおうかな」

「あ……っ」

両脇から腕を差し入れて、ブラの上から双丘を掴む。ゆったりと揉みほぐしながら耳殻に舌を這わせると、彼女の重心が後ろに傾き、背中を預けてきた。

大翔は紗良の胸をまさぐりながら、正面にある鏡を見ていた。愛撫に耐えるのに精いっぱいで気づいていないが、鏡には彼女の感じている表情が映っている。ベッドの上でしか見ることのない〝女〟の顔をする紗良を見て、下腹部が熱くなってくる。

自分を信用しきって身体を開いてくれる紗良を見ていると、誰の目にも触れさせずこのまま腕の中に閉じ込めてしまいたくなる。そんなことをすれば、自立しようと頑張っている彼女の努力を踏みにじってしまうため、心の中で思うだけだが。

「少しずつ乳首が勃ってきたよ。感じてる？」

「は……い」

「それなら、もっと感じさせてあげる」

大翔は片方の手で胸を揉みしだき、もう片方を紗良の腹部に這わせた。意図を感じ取った彼女の足が閉じる前に指を滑り込ませ、薄い布の上から敏感な突起を探り当てる。控えめに主張するそこを布ごと押し擦ってやれば、紗良の腰がくねくねと揺れ動く。

「あっ……んっ」

「ここ、紗良が好きなところだよね。根元を揺さぶるのと、先っぽを擦るのとどっちが感じるのかな。それとも、剝き出しにして扱いたほうがいい？」

「わ、からな……んっ」

ブラの上から乳首を摘まみつつ、ショーツ越しに淫芽を擦ると、紗良が甘く啼いた。声に煽られるように愛撫を施し、彼女の小さな耳に舌を挿入する。

「やっ……だ、め……んぁあっ」

本気で嫌がっているわけじゃないのはわかっている。慣れない快感と乱れる姿を見られることに抵抗を感じているだけだ。

総身を震わせて必死に快感を堪えている姿が愛らしく、大翔は少しずつ手の動きを強めていく。まだ一度抱いただけで、紗良は行為に慣れていない。じっくりと身体を高めなければ、負担をかけてしまう。

「下着が湿ってきたね。汚しちゃうから脱いじゃおうか」

ショーツはいわゆる紐で結ぶタイプのもので、簡単に足から引き抜けた。明らかに大翔を意識して身に着けたデザインだ。口角を上げると、彼女の膝を左右に割り開いた。

「そこにある鏡を見てごらん、紗良。少し弄っただけなのに、いやらしく蕩けているきみの恥ずかしいところが丸見えだよ」

「や……っ」

開脚させて囁くと、ようやく鏡に気づいた紗良が恥ずかしそうに目を背ける。しかし大翔は、鏡越しに見る彼女の秘裂に視線を据えた。ごちそうを前にして目を背けるような初々しさは持ち合わせていない。むしろ凝視し、紗良の隅々まで記憶したいとすら思う。

「ちゃんと見て。誰にどうされて、こんなふうになったの？」

「そ、れは……」

「俺に胸を揉まれて、恥ずかしいところを弄られたらこんなに濡れた、でしょ？」

ぱっくりと割れた陰部からはとろとろと愛液が流れ落ち、花弁はしっとりと濡れている。見るからに卑猥な光景は、大翔の欲望を加速させた。

先ほどショーツの上から刺激していた淫蕾に指を這わせると、直に触れた。二本の指に挟んで揺さぶると、紗良のつま先がきゅっと丸まる。

「い、やぁっ……そこっ……だめ、で……ンッ」

「紗良の〝嫌〟は〝イイ〟ってことでしょ？　それとも、俺に触れられるのは嫌？」

答えのわかりきっている問いも、愛撫のスパイスになる。こうして言葉にすることで、気持ちを確認するのだ。紗良が、自分を想っているのだ、と。

案の定、紗良は「嫌じゃないです」と、途切れ途切れながらも伝えてくれた。大翔はご褒美とばかりに、勃起している花芽を擦る。

「大翔、さ……んっ……この格好、やぁっ……」

鏡の中の紗良が身悶える。痴態が見えるせいで、視線をどこに据えればいいのか決めかねているのだ。

けれど彼女の羞恥に反し、陰部から聞こえる水音が大きくなっていく。ぬちぬちと粘着質な音を指でかき鳴らしていると、紗良が首だけを振り向かせた。

「も……恥ずかし、から……ぁっ」

「わかった。今度は指じゃなくて、舌で舐めてあげるね」

紗良から手を離した大翔は、体勢を変えて彼女を押し倒した。大きく足を開かせて太もの裏を押さえつけると、恥部に顔を近づける。

薄桃色の陰部は淫蜜でてらてらと濡れそぼり、蜜孔は誘うようにひくついている。鏡越しよりも、直接見たほうがかなりいやらしい。

興奮するのを感じながら、濡れた肉びらを舌先で掻き分け、肉筋に舌を沈ませる。蜜孔

からこぼれ出る愛汁を啜りつつ舌を上下に動かすと、紗良の腰が跳ねた。

「あぁっ……！」

おそらく紗良の視界は今、天井の鏡に向いている。恥部を舐められて羞恥に身もだえる顔を見られないのは残念だが、感じている表情は容易に想像できる。

（可愛すぎるのも困りものだな）

バイト代でネクタイをプレゼントされただけでも嬉しいのに、ホテルに誘ってまで大翔の願いを叶えてくれたのだ。これで可愛く思わないはずがない。

大翔は、愛液に塗れた肉襞をこれ以上ないほど丁寧に舐めていった。舌と唇を使って割れ目を刺激すると、紗良の足がびくびくと震える。けれど、蜜口からはあとからあとから淫らな滴が流れ出て、彼女の股座(またぐら)はびしょ濡れだった。

「紗良、気持ちいいの？」

「ん……っ」

恥部から舌を外して問うも、紗良は呼気にすら感じて身を震わせている。自らの痴態を目に映すことも、快感の糧になっているようだ。

大翔は肉芽に唇を寄せ、包皮にくるまれたそこを尖らせた舌で刺激した。口に含んで軽く吸引してやれば、紗良の腰がびくんと撥ねた。

先ほど希望を聞いても答えてもらえなかったが、紗良がどうすれば快感をより得られるかは本人よりも熟知している。

「ひっ、ろと……さ、ぁあっ」

彼女の甘い喘ぎは、大翔にとっての媚薬だ。幼いころから知っていた女の子はもういない。今、目の前にいるのは、自分の手で淫らに喘ぐ許嫁。ようやくこの手に抱くことを許された愛しい女性だ。

肉蕾を根元まで咥え、舌の上で舐め転がす。敏感な肉粒を刺激したことで強い快楽を感じているのか、紗良の嬌声が止まらない。

（一度達かせて、そのあとじっくり抱いてあげるよ）

心の中で語りかけ、絶頂へと誘うために愛撫を施す。わざと派手に音を立てて秘所を攻め立てると、彼女は内股を震わせた。

「大翔さん……ッ、いくっ……いっちゃ、あ、あっ……ん、ぁああっ」

紗良はほんの一瞬身体を強張らせ、絶頂を迎えた。恥部から唇を離して見下ろすと、しどけなく四肢を弛緩させている。頬は紅潮し、大きな瞳は快楽の余韻で潤み、いつもの紗良とは別の色香があった。

「気持ちよかった？」

顔をのぞき込んで問いかけると、紗良はわずかに顎を引く。その反応だけで満足し、大翔はヘッドボードにある避妊具に手を伸ばした。

自身の前を寛げ、怒張するそこを解放して避妊具を装着する。スーツの上着が邪魔になり脱ぎ捨てると、ぬかるんだ恥肉に雄槍を押しつける。

「んっ」

「紗良の望みどおり、スーツのまま抱くよ。ああ、でも……このネクタイをするたびに、紗良のエッチな姿を思い出すかも」

わざと羞恥を煽れば、紗良は恥ずかしそうに睨んでくる。だが、そんな顔をしても大翔の欲望を煽るだけだ。

肉筋で昂ぶりを往復させて馴染ませていると、ぬちぬちとことさらいやらしい淫音がする。それだけ彼女が濡れている証拠だ。自分が紗良を感じさせているという実感が、雄槍を膨張させた。

「挿れるよ」

端的に告げた瞬間、肉傘を蜜口へ挿入すると、紗良の身体が大きく撥ねた。

「ん、あぁっ」

達して柔らかにほぐれた体内は、肉茎をずぶずぶと呑み込んでいく。

心地よさに、腰を振りたくりたい衝動に駆られる。しかし紗良に無茶を強いるわけにいかないと、かろうじて残った理性が働いた。

「こっちも可愛がってあげないとね」

大翔は余裕を保っている素振りを装い、紗良のブラを押し上げた。先ほど弄ったふたつの膨らみの先端は、存在を主張するように勃起している。じりじりと腰を押し進めつつ左右の胸の突起を摘まむと、紗良の中がぎゅっと狭くなる。

「両方、は……だ、めぇっ」

「は……どうして？　感じすぎちゃうから？」

ぐりぐりと乳首を扱きながら問うと、紗良はいやいやをするように首を振る。美しい黒髪を乱しながら愉悦に塗れていく彼女を見ていると、昂ぶりが増していく。

（こんな俺を好きでいてくれた紗良を、もう絶対に離さない）

「大翔さん……好き、です……わたし、ずっと……好き、ですか、ら……ぁあっ」

まるで心のうちを読んだかのような紗良の言葉に、大翔は胸が鷲づかみにされた心地になった。

こうして愛情を注がれることは、けっして当たり前じゃない。そう心に刻み、自身を彼女の最奥へ到達させた。

小刻みに腰を揺さぶり、媚肉と雄茎を馴染ませていく。彼女の胎内はまだ狭く、少し動くだけでもすべてを持っていかれそうになる。それに耐えるだけで、かなり体力を消耗した。

「俺も、好きだよ……紗良。俺は、きみだけが欲しいんだ」

腰が溶けるのではないかというほどの快感を味わいながら、本心からの言葉を告げる。

紗良は、このところますます魅力的になった。体調もよく、バイトも続けられていることが彼女の自信となり、やる気に満ちている。そして、大翔が伝える愛情も紗良の助けになっている。その自負はある。

「紗良の中、気持ちいいよ。俺をぎゅうぎゅう締め上げてくる」

「んぁっ、やぁっ……！」

乳首を捻り上げつつ腰をグラインドさせると、紗良が白い喉を反らせた。彼女の痴態を見ているだけでもぞくぞくし、体中が快楽に染まる。理性を総動員しなければ、欲望のまま突き上げてしまいそうだ。

紗良は一度達したことで敏感になっているのか、どこに触れても肉襞が反応して蠕動する。豊乳を揉みしだき、肉槍をゆるゆると出し入れすると、涙を浮かべた紗良が力なく腕を伸ばしてきた。

「ぎゅってしてほしい？」

答えのわかりきっていることを尋ねれば、紗良が素直に頷く。その瞬間、大翔は彼女の両手首を引いて起き上がらせると、対面座位の体勢をとらせた。

「これなら抱きしめられるし、紗良の顔が見える」

「あぁっ、これ……だ、めぇ……っ」

自重がかかったせいで、より深く肉茎を咥え込むことになった紗良が喘ぐ。表情は色気を帯び、耳もとで聞こえる声は呂律が回っていなかった。

彼女を攻めているはずが、自分が追い込まれている気分になり、額に滲む汗を拭った大翔は、紗良のくびれた腰を抱き込んだ。

「動くよ？　もっと気持ちよくしてあげる」

宣言すると、腰を前後に揺すっていく。紗良の花芽が自分と擦れるように調整しながら緩急をつけて動けば、彼女が肩にしがみついてきた。

「ん、ぁああ……っ、だめっ、だめぇっ」

双丘を押し潰す勢いで首に腕を回す紗良は、駄目だと言いながらひどく感じていた。快感に抗う姿を目にし、もっと自分に溺れさせたくなる。

彼女の奥処にぐいぐいと自身を押し込みながら、大翔は紗良の耳朶に口づけた。

「スーツでするのはどう？　紗良」

「あぅっ……ンッ、気持ち、い……大翔、さんが、かっこいい、の……っ」

「ありがとう。きみにそう言われると、もっといい男でいないとって思うよ」

ワイシャツは汗に濡れ、ズボンには皺が寄っていたが、それでも構わなかった。紗良の望みを叶えてやれたのが嬉しかったし、彼女が自分だけを見てくれるならそれでいい。

（俺も大概だな）

内心で自嘲すると、腰の動きを前後から上下に変えた。すると、紗良は無意識なのか、大翔の腰に両足を巻きつけてくる。これ以上ないほど下半身を密着させると同時に、彼女は自ら大翔にキスをした。

「っ……」

予想外の行動に、思考が一瞬止まる。紗良がこうして自分から仕掛けてくることなど今までにない。それだけ大翔を喜ばせようとしているのだ。

紗良は、おずおずと口腔に舌を差し入れてきた。舌先を吸って応えてやると、彼女の肩が小さく震える。

キスは拙いが、気持ちは充分伝わってきた。強制ではなく自分の意思でしてくれたことが嬉しい。危ういところで保っていた理性が焼き切れるほどに。

「紗良、そのままの体勢を保てる？」

キスを解いて大翔が問うと、紗良は首を縦に振った。

「そう、いい子だね」

大翔はふたたび紗良を押し倒すと、それまでとは一転し、彼女の内部を激しく穿った。もちろん彼女に無理をさせないギリギリのラインを見極めての行為だ。

「あんっ……急に、激し……っ」

「紗良がキスをしてくれたから、お返しだよ」

腰をたたきつける音を間断なく響かせながら、笑ってみせる。

今日の紗良は、ことごとく大翔の理性を奪っている。おそらく彼女が想像するよりもずっとだ。とにかく、やることなすこと可愛くてしかたない。それは恋のもたらす作用かもしれなかったし、もっと欲深い執着心からくる感情かもしれない。

「愛してるよ、紗良」

媚肉をこれでもかというほど穿りながら愛を告げると、紗良が嬉しそうに笑う。

（この笑顔を守るためなら、なんだってする）

粘膜の摩擦に促され、吐精感が強まる。紗良も限界が近いのか、肉窟の収縮が増していた。肉襞は雄竿（おすざお）に絡みつき、きゅうきゅうと締め上げてくる。

「大翔さん……達く、いっちゃう……っ」

「っ……一緒に、達こうか」

へその裏側を肉棒で抉ると、紗良の胎内が蠕動する。声を振り絞って快感の頂点へ駆けていく彼女を抱きしめると、膨張しきった自身のそれで蜜襞を削った。

「ン……あ、あっ……ぁああっ」

「く……っ」

達した紗良の肉襞がのたうち、大翔自身を追い詰める。小さく呻いて胴震いすると、被膜の中に精液を注ぎ、ひどく満たされた気持ちで彼女を見下ろした。

＊

大翔とラブホテルで濃密な一夜を過ごしてから三日目の朝。紗良はバイトの休みを利用して、彼の祖母・扶美子の家にやって来た。

「紗良ちゃん、いらっしゃい。よく来てくれたわね」

「ご無沙汰しています、お祖母様」

今日は、扶美子に自分の給料で買ったプレゼントを渡すつもりで足を運んだ。選んだのは上品なショールで、彼女の優しい雰囲気に似合うと思った。

「じつはこの前、アルバイトでお給料をいただいて。いつもお世話になっている方たちに、お礼をしたいと思ったんです。たいそうなものじゃないですけど、よければ受け取ってもらえますか？」

紗良はそう切り出すと、テーブルの上にリボンのついた箱を置いた。対面に座っている扶美子は、驚いた顔を見せる。

「わざわざ私のために、紗良ちゃんが選んでくれたの？　嬉しいわ。さっそく開けてみてもいいかしら？」

「はい、もちろんです！」

紗良の想像よりもはるかに喜びをあらわにした扶美子は、リボンを解いて箱を開けた。

「素敵なショールね。大切に使わせてもらうわ」

（よかった。喜んでもらえたみたい）

扶美子の反応にホッとすると、彼女は微笑ましそうに紗良を見た。

「あの子とは上手くやっている？　あなたをちゃんと大切にしているかしら」

「申し訳ないくらいに大事にしてもらっています。大翔さんにも、ネクタイをプレゼントしたんです。そうしたら、とても喜んでくれて」

近況を話しつつ、自分が贈ったネクタイをしている大翔の姿を思い浮かべる。

（ネクタイ、すごく似合ってたな）

彼は、紗良のプレゼントをとても喜んでくれた。自分の行動で大翔を笑顔にできたのは、大きな自信になった。そして、思いきってラブホテルに誘ったことも。

ホテルに誘うなんて本当はものすごく恥ずかしかったし、思い出すだけで顔から火が噴き出そうになる。けれど、勇気を出してよかったと思う。大翔との関係が深まった気がしたからだ。

（大翔さん、すごく甘やかしてくれてた……）

ラブホテルでの一夜を思い出し、顔が火照ってくる。

許嫁になってから今までの間、紗良が感じてきた寂しさを埋めるかのごとく大翔は距離を詰めてくる。最初は戸惑ったけれど、今は彼の愛情を素直に受け取ることができる。言葉だけではなく、行動で、表情で、愛を伝えてくれているから。

（これからもっと、大翔さんにふさわしい女性になれるように頑張ろう）

幸いなことに、紗良の周囲はいい人ばかりだ。書店の店長も従業員も、初めてバイトをする紗良に優しく指導してくれていたし、両親や従妹、扶美子も見守ってくれている。

「わたし、すごく幸せです」

「そう言ってもらえて安心したわ。……あなたが苦しんだのは、私たちが安易にあなたたちを許嫁にしようとしてのことだから」

「そんなことありません」

扶美子の言葉に、紗良ははっきりと首を振る。

「一度は、許嫁を解消しようとしました。でも今は、感謝しています。許嫁じゃなければ、大翔さんはわたしと結婚しようなんて考えなかっただろうから」

彼と両想いになれたのは、許嫁期間があったからだと思っている。ずっと大翔を思い続け、気持ちを返してもらえないのはつらかったが、この時間がなければ、現在が幸せな状態だと気づけなかったかもしれない。

思い出が欲しくて始めた同棲だけれど、今は彼と新たな関係を築くために一緒に住んでいる。少し前には、考えられなかった変化だ。

「いつも見守ってくださってありがとうございます」

心からの感謝を告げると、扶美子は小さく頷いた。

「何度も言うようだけれど、あなたは私にとって可愛い孫と同じよ。何かあったら、遠慮なく相談してちょうだいね」

紗良は笑顔で礼を告げ、和やかな時を過ごすのだった。

扶美子の家を出ると、次に向かったのは実家だった。プレゼントを渡すためだ。

大翔には、扶美子の家と実家に行くことをあらかじめ伝えている。最初は彼も「一緒に行くよ」と言ってくれたのだが、ここ数日仕事が立て込んでいるらしく、結局紗良ひとりで来ることになった。

（プレゼントだけ渡して、早く帰ろう。大翔さんも、帰ってきたらごはん食べるかもしれないしね）

仕事が落ち着くまでは、夕食は用意しなくていいと言われている。しかし紗良は、日持ちのする惣菜（そうざい）を作り置きして、彼がいつ帰ってきてもいいように準備をしている。それは、紗良の母が父に対して行っていたことだ。

警察官の妻として父を支えてきた母を、紗良は尊敬している。母のようにとまではいかないが、家に帰ってきた大翔がホッとできるような存在になりたいと思う。

その想いは、彼と一緒に暮らして強くなった。一度は離れようと決意したけれど、歩み寄ってくれた大翔には感謝しかない。

両親へのプレゼントを携えて、最寄り駅から家までの道のりを歩く間も、考えるのは彼のことばかりだった。足取りも軽やかに、駅前の喧騒(けんそう)から住宅街へと入ったときである。

「一之瀬紗良さんですか？」

「はい？」

声をかけられて振り返ると、五十代と思しきスーツ姿の男性が立っていた。男性は慇懃(いんぎん)に頭を下げると、上着の内ポケットから警察手帳を取り出して中を見せた。

「ちょうどご実家に伺おうと思っていたんです。ご家族をお連れするように一之瀬警視監より命じられまして」

「え……」

「奥様かお嬢さん、どちらかに至急おいでいただきたいとのことです。申し訳ありませんが、ご同行くださいますか？」

紗良は驚いて男性を見上げた。人づてに父に呼びつけられたのが初めてだったからだ。見せてもらった警察手帳には、『小松』の名、そして『警視長』という階級がのっていて不審な点は見当たらない。

「少し、待っていただけますか？　父に確認の電話を入れます」

小松に断った紗良は、バッグから携帯を取り出した。

身分を明らかにしている相手を前にして疑うような真似は失礼かとも思うが、これは幼いころに誘拐された経験が影響している。

たとえ身分が確かな人間であっても、すぐに相手の話を鵜呑みにしないこと。幼いころから、祖父や父母に口を酸っぱくして教えられてきたことだ。警察官の祖父と父はその立場から恨みを買うこともあり、被害が家族にも及ぶ可能性もあったため、そのあたりは昔から厳しく言い含められてきた。

どうしてそこまで……と、小さいころは不思議だったが、自分の身を守ることは大翔や家族を守ることにもつながるのだと今は理解できる。警察官である彼らによけいな心配をかけず職務をまっとうしてもらうために、自衛をするのは当然の行動だった。

「……黙ってついてくればよかったものを」

低く呟かれた声に、驚いたときだった。

突然手を払われて携帯とバッグが地面に落ちた瞬間、よける暇もなく手首を摑まれた。同時に手錠をかけられ、近くに停まっていた車に押し込まれてしまう。

「な……何するんですか！」

慌てて車から降りようとした紗良だが、ロックがかけられて降りられない。小松はすぐさま運転席に乗り込むと、アクセルを踏んでその場を離れた。

「おとなしくしててくれれば、危害は加えない。——もっともそれは、あんたの婚約者と父親の態度いかんだが」

小松に先ほどまでの慇懃さはなかった。発言から推測できるのは、紗良の身柄を拘束し、大翔や父になんらかの要求をすることだ。

（どこに向かっているかはわからないけれど、居場所は把握しておかないと）

みすみす相手の思いどおりになるわけにいかない。恐怖を無理やり抑え込んだ紗良は、窓の外の景色を目に焼きつけようと腐心した。

6章　俺のすべてを懸けて守るから

腕時計に目を落とした大翔は、ようやくこのところかかりきりだった案件が片付く目途が立ったことに胸を撫で下ろした。

この日は朝から、警視長の小松と議員の里中の逮捕に向け、二課の山本、警務部の監察官三石らと会議室で打ち合わせをしていた。二課が内偵を進めていた里中の贈収賄事件の証拠が揃い、いよいよ逮捕の段となったからである。

自身に捜査の手が及んでいると知った里中は、警視長の小松を使って圧力をかけてきた。有力政治家によって捜査が妨害されることはままある。中には、自身の家族の軽微な交通違反をなかったことにしようとする政治家もいるくらいだ。

しかし、山本から圧力の件を相談された大翔は、小松を三石に調査させると同時に、永田町へ足を運んでいる。

里中が所属する与党の幹事長に、里中の逮捕をリークするためだ。

国会議員には不逮捕特権があり、原則国会会期中は逮捕されない。大翔は、『国会閉会後に里中を逮捕する』ことを明かした。里中が所属する党が、件の男を処分する時間を与えるのが目的だ。

幹事長の動きは早かった。大翔から情報を得て時を置かずに行動を起こした。表向きは離党という形をとったが、事実上の除名処分を言い渡したのである。里中は一般的な知名度はないため、この件が報道で取り上げられることはなかった。

今の里中は、自分の足元に火がついた状態である。小松に構っている暇はない。同時に進行していた小松の情報漏えい操作についても証拠固めは万全で、あとは逮捕のタイミングだけだった。

「会期の延長はなく、今期の国会は閉幕します。あとは二課の出番ですよ」

大翔の言葉に、山本が首肯する。

「これで二課の面目も保てます。一年かけましたからね、やつの捜査には。小松に圧力をかけられたときは、はらわたが煮えくり返る思いでした」

山本が息をつくと、三石も同意する。

「小松は免職処分になるのは確実です。まさか、里中と小松を同じ日に逮捕するとは思いませんでしたが。――参事官様は怖いな」

話を振られた大翔は、「怖いのは一之瀬警視監だよ」と肩を竦めた。

「小松は警視総監の派閥だからね」

そのひと言で察したのか、山本と三石が「上に行けば行くほどしがらみが多い」と頷き合っている。

紗良の父・芳辰は、伊達に今の地位に上り詰めてはいない。今回の逮捕立件を利用し、総監の地位に粛々と狙いを定めているのは明白だった。

「ひとまずは明日、だな」

大翔がそう締め括ったとき、ポケットの中の携帯が鳴った。画面には、芳辰の名が表示されている。

（……この時間に電話なんて珍しいな）

互いに忙しい身であることから、よほどの急用でない限り用件はメールで済ませる。直接会う必要がある場合は、食事のついでというのが暗黙の了解になっていた。

大翔は山本と三石に断りを入れ、電話に応答する。

「安積です」

『一之瀬だ。悪いが、これは私的な電話だ。――今日、紗良がきみのお祖母さんのお宅とうちに来ることは知っているか？』

「ええ、聞いています」

今日は、扶美子と実家へプレゼントを持っていくと言っていた。本当なら付き合いたいところだが、大翔も里中や小松の件で立て込んでいたため断念している。

『今、家内からまだ紗良が着かないと連絡があった。電話をしても出ないそうだ。扶美子さんにも確認したんだが、もう二時間も前に実家へ向かったと……』

普通の家ならば、その程度の遅れは気にならないかもしれない。だが、紗良は昔誘拐されかけたことから家族は過保護になっていたし、彼女は約束に遅れるときは必ず相手に連絡を入れていた。

紗良は、警視監のひとり娘だ。芳辰が仕事上で恨みを買い、凶刃が家族へ向かう、という事案も、残念ながらゼロではない。現に彼女が誘拐されかけた事件は、芳辰に逮捕されたことを逆恨みした犯人による犯行だった。

「彼女の携帯にはＧＰＳアプリが入っています。確認して折り返し電話をかけるので、少々お待ちいただけますか」

大翔は紗良と同棲する際に、ＧＰＳアプリの導入を頼んでいる。アルバイトを始める彼女が心配だったし、仮に何か不測の事態に陥ったときに互いの居場所を確認できるツールがあったほうが便利だからだ。

彼女は『大翔さんは心配性ですね』と言いながらも快く了承してくれたが、使用したことはこれまでない。

芳辰との電話を切った大翔は、すぐに紗良の現在地を確認する。その間に、今の会話を聞いていた山本と三石が、怪訝そうに問いかけてきた。

「警視監のお嬢さんに何かあったのか？」

「今の時点ではまだなんとも」

冷静に答えながらも、大翔は今すぐにでもこの場を離れて紗良のもとへ向かいたい気持ちだった。

（何かあったと決まったわけじゃない。落ち着け）

自分自身に念じるも、紗良に関しては思いどおりに感情をコントロールできない。できることなら、誰の目にも触れさせたくないとすら思っている。これでもし何か彼女にあれば、自分がどうなるかわからない。

アプリで位置情報を確認したところ、紗良の居場所は実家のそばを示していた。もしかして何か事情があってこれから家に向かうところなのかと、大翔は紗良に電話をかけた。しかし、彼女からの応答は得られない。

（……どういうことだ？）

徐々に嫌な予感が膨らむのを感じながら、芳辰へ電話を折り返した。本人の声は聞けなかったが、携帯は実家の近くにあると伝えると、『家内に見てこさせる』と返答があり、一度電話を切った。

「それで、どうしたんです？」

さすがに気になったのか、山本と三石が説明を求める。

大翔は知らずと深刻な表情を浮かべ、「警視監の連絡を待つ」と答えた。その間にも、祖母の扶美子に電話をかける。詳細を尋ねるためだ。

電話に出た扶美子は、紗良をたいそう心配していた。だが、芳辰から事前に得ていた情報以外に、目新しい話は聞けなかった。実家に行く前にどこかに寄るとは聞いていなかったし、両親や祖父へのプレゼントを持っていたため寄り道をするとは考えにくい、とも。

扶美子には、紗良の行方がわかったら連絡する旨を伝えて通話を終えた。すると、数秒後にふたたび芳辰から着信がある。

「いかがでしたか？」

間髪を容れず、時間が惜しいとばかりに芳辰に問う。いくら許嫁の父親であろうと、通常ならば階級が上の人間に対して礼は欠かない。だが、ほかならない紗良の安否のことだけに、礼儀など気にしていられない。

『……安積くん。信頼のできる者を数名集めて私の執務室に来てくれ』

芳辰もまた、端的に用件のみを告げて通話を終わらせた。大翔は、常とは違う雰囲気を敏感に感じ取り頬が強張る。

「安積、何があった？」

三石に問われた大翔は、「悪いが、今から警視監の執務室に付き合ってくれ」と告げた。

〝信頼のできる者〟という点において、三石と山本をおいてほかにいない。

彼らはすぐに顎を引き、表情が警官のそれになった。大翔は彼らを従えて、芳辰の待つ執務室へ向かう。

里中と小松の逮捕を目前に控え、突如紗良にアクシデントが起きた。嫌な予感が大きくなっていくのを感じ、自然ときつく眉根を寄せる。

（……落ち着け。大丈夫だ）

自身に言い聞かせるように念じているうちに、執務室の前に着く。重厚なドアをノックし、中から返事が聞こえるのを待って部屋に入った。

芳辰は大翔の姿を認めると立ち上がり、あとから入室した山本と三石にもソファを勧めた。三人で座ると、対面に腰を下ろした芳辰は重苦しいため息をついた。

「……娘が行方不明になった。家内が家の近くに落ちていた紗良の携帯と荷物を発見している。状況からしても拉致されたと見ていいだろう」

山本と三石が息を呑んだ気配が伝わる。警視監のひとり娘、つまり、大翔の婚約者が誘拐されたのだ。

現在もっとも警視総監に近いとされている芳辰と、警視庁のキャリア警視正の大翔、いずれもこの立場に上がるまで恨みをまったく買わないのは無理だ。怨恨による犯行が濃厚だろう。むろん、成人女性への暴行目的の可能性もゼロではないが。

（もしも紗良に何かあったら、犯人を八つ裂きにしてやる……！）

「携帯と荷物が落ちていたということは、なんらかの事件に巻き込まれた可能性が高いですね。……この場へ私を呼んだのは、何か理由が?」

荒れ狂う感情を押し殺して冷静に問うと、芳辰が渋面を作った。

「安積くんは察しがいいな。——小松から私に直接連絡があった」

「小松から……⁉」

山本と三石から驚きの声が上がる。

大翔は、驚きよりも怒りのほうが勝って歯噛みした。小松の名がこの場で出たということは、誘拐犯が彼の人物であることを示している。

「あの男は私に取引を持ちかけてきた。娘の身の安全と引き換えに、自分が懲戒免職にならないように便宜を図れと脅されたよ。……またひとつ罪を重ねるとは馬鹿な男だ」

怒りと呆れの入り混じる芳辰の声は、この場にいる者の——いや、里中と小松の捜査に携わった警官も抱く感情だ。

市民を取り締まる立場にある警官は、模範とならなければならない存在である。にもかかわらず、犯した罪を悔いるどころか保身を図ろうとする小松は救いようがない。

「最初は警視総監に泣きついたらしいが、総監は小松を切り捨てたようだ。総監からは極秘で小松の逮捕について事後処理を頼まれた。里中とのラインが切れれば、小松に利用価値はないからな。娘を誘拐したのは、進退窮まったうえでの凶行だろう」

芳辰の発言に頷いた大翔は、ある懸念が脳裏に浮かぶ。

「小松は監察に行動監視されていたはずだ。……まさか撒かれたわけじゃないだろうな」

大翔が三石に視線を投げる。自覚できるほど険のこもった眼差しに、いつになく蒼白な顔つきになった三石が急いで携帯を取り出した。監察室で小松の行動観察をしている職員に連絡していることはすぐに察した。

――だが。

「……小松を見失ったと報告があった。今から一時間前らしい。二課と交代するわずかな時間の隙にいなくなったと……」

三石の報告に、大翔はこぶしを強く握り締める。

監察室は精鋭揃いだが、職員数はほかの課に比べて多くない。場合によって、人員を割けないときなどは他課に協力を仰ぐこともある。

今回は議員の里中を二課が逮捕立件するにあたり、小松との癒着も捜査しなければならず、監査室と二課は揃って小松を監視していた。

山本に視線を向ければ、三石と同様に苦虫を嚙み潰したような顔をしている。

腐っても小松は警視長まで上り詰めた男だ。監察室の職員を撒いたあとは、防犯カメラのない場所を選んで移動しているだろう。

「一之瀬警視監、小松への返答期限はありますか」

「先ほどの電話から二時間後だと言われている」

「おそらく、紗良を誘拐して潜伏するまでの時間が二時間なんでしょう。それまでになんとしても彼女を見つけ出します。私の権限で一課を動かしますがよろしいですね」

芳辰にお伺いを立てる態を取っているが、大翔は答えを欲しておらず、ただの確認で告げたに過ぎない。普段であれば慇懃に接するところだが、紗良が誘拐されたと知って余裕がないのだ。

（くそっ！　小松の逮捕がもう一日早ければ……いや、その前に策を弄せずに逮捕にこぎつけていれば、こんなことにならなかった）

キャリアを積めば積むほどに、階級にまつわるしがらみはついて回る。それが大翔の選んだ道だ。わずかに後悔が過ぎるも、今さら考えても詮無いことだと切り替える。

「山本さん、申し訳ないが手を貸してください。まず……」

「お嬢さんの所持品が見つかった付近の防犯カメラをしらみ潰しに探そう」

「お願いします」

詳細を語らずとも、山本はこのあと何をすればいいかを把握していた。二課の面子にかけても、小松の足取りを摑むだろう。

「俺は一課を動員して小松を追います。三石、一時間前に小松を監視していた職員を呼んで情報の共有を」

「わかった」

三石の返事を聞き、大翔は部屋の中にいる三人に宣言する。

「――二時間以内には必ず小松を捕まえます」

（紗良は、今、どれだけ怖い思いをしているか……小松は絶対に許さない）

彼女が幼いころは、運よく助けることができたから誘拐未遂で済んだ。しかし、あれから十数年の時を経てふたたび彼女はかどわかされた。それも、警官の手によって。

『やっぱり大翔さんはヒーローです』

紗良の中での大翔のイメージだ。けっしてヒーローなどという立派な存在ではないが、今だけはそうでありたいと切に願う。

芳辰に一礼した大翔は、山本、三石の両名と執務室をあとにした。

＊

小松に拉致された紗良は、窓の外に流れる景色を見ながら恐怖と戦っていた。

車は表通りではなく裏道を多く利用していたため、目印になるような建物や標識があまりなかった。だが、徐々に都心から遠ざかりつつあるのは、時折目に入る電柱の住所表示から察することができた。

（……なかなか逃げ出すチャンスがないな）

ドアにはチャイルドロックがかかっていて、内側からは開かないようになっている。また、助けを呼ぼうにも携帯は手元にない。車は人通りのない道を走っているため誰かに知らせることもできず、危機を伝える手段が皆無だった。

今の状態では、逃げ出す機会は小松が後部座席のドアを開いたときだけ。しかし、武道を嗜んでいるわけでもない紗良が、警官相手に無事逃げおおせるのは難しい。

（せめて外に出られれば……）

「……あの、お手洗いに行かせてください」

紗良は断られるのを覚悟で小松に訴えた。けれど案の定、「我慢しろ」とにべもなく却下されてしまう。

「わたしは人質なんですよね？　持病もあるので丁重に扱っていただかないと熱も出るし嘔吐（おうと）もします。現に今、気持ち悪いです。このままだと吐くかも……」

「……もう少し我慢しろ。あと十分で目的地に着く」

面倒そうに言った小松は、それ以上口を開かなかった。

（目的地……これから潜伏する場所のこと？　そこに仲間がいれば、逃げるのはますます難しくなる）

誘拐された身ながらも、紗良は冷静であろうと努めた。これが幼いころだったなら、思考すらせず泣きわめいていたかもしれない。

（あのときは、大翔さんが助けてくれたから平気だった）

もしも彼に助けてもらえなければ、紗良の人生は大きく変わっていただろう。誘拐されかけて無事だったのは、本当に幸運としか言いようがない。

だから紗良は、今、この危機をなんとしても脱したかった。大翔が助けてくれた自分の命を、身体を、心を、しっかりと守りぬくこと。それは恩返しでもあり、自分を愛してくれている彼への誠意でもある。

やがて車は木々の生い茂る山道へ入った。車道の幅は狭く、対向車とすれ違う余裕がない。たとえ逃げたとしても助けを求められるような商業施設の類もなく、どんどん逃げ場がなくなっていく気がして心細くなってくる。

（……大丈夫。きっと今ごろお母さんからお父さんに連絡がいっているはず）

自分を鼓舞するように心の中で呟く。

実家に向かうはずだった紗良がいつまでも来なければ、心配した母が携帯に連絡を入れるはずだ。そこでつながらなければ、父や大翔に知らせるに違いない。

（位置情報アプリでわたしの居場所を調べれば、携帯と荷物が落ちていることに気づいてくれるだろうから……そうすれば、何かあったと気づいてもらえる）

アプリの導入は大翔からの提案で、そのときは心配性だと思ったものだが、まさか役立つことになるとは思わなかった。

こんなところでも、大翔は紗良を守ってくれているのだ。

自覚してギュッと胸が締めつけられる心地になったとき、車が停まった。

ハッとして前方に目を向けると、廃墟のような建物が見えた。よく見ればラブホテルだが、営業はしていないらしく、外壁は風雨にさらされて薄汚かった。

「降りろ」

運転席から出た小松は、後部座席のドアを開けた。言われたとおりに降りると、「変な気は起こすなよ」と言って腕を取られる。

下手に刺激しないほうがいいと思い、紗良は素直に従った。小松はその足でラブホテルに入ると紗良の腕を解放し、一階のロビーらしき場所にあるソファに腰を下ろす。

「トイレは奥のドアだ。一応言っておくが、逃げようなんて思うなよ。出入り口は今入ってきたところだけで、あとは南京錠をかけて出入りできないようになっている」

「わかりました。とりあえず手錠を外してもらえますか」

手錠をしたままではトイレにも行けないと訴えると、小松は渋々といったふうに手錠を外した。

ホッとした紗良は、先ほど教えられた奥のドアを開けた。建物内に電気は通っていなかったが、嵌めごろしの窓からうっすらと光が射し込み、移動に苦労はなかった。

化粧室に入ると、すぐに内側から鍵をかける。どうにかして逃げられないか探るためだ。

幸いなことに、ホテル内には仲間らしき人間の気配はない。もっとも、今後この場で合流する可能性もあり楽観はできないが。

（できれば今すぐ外に出て助けを呼びたいけど……ここの窓からは無理みたい）

唯一あるのが天井近くにある小さな換気窓のみで、逃げ出すのは困難だ。今は、自分の身の安全を確保するためにこの場で籠城するしかない。幸いドアは頑丈な作りだったし、多少の衝撃にも耐えられそうだ。

（もし逃げ出すとすれば、隙をついて出入り口からしかないよね……）

どんな事態にも対応しようと、何か武器になるようなものはないかと化粧室内を探した。しかし特別なものはなく、掃除用具入れにホースや洗剤などがあるだけだ。

ため息をついたとき、用具入れに放置されていたゴミ袋からアルミ缶がころころと転がる音が響き、慌ててそれを押さえた。

（あれ？　これがあればもしかして……）

紗良は、無造作に置いてある洗剤の容器を取り出した。

容器の裏に記載されている洗剤の成分を見て、考えを巡らせる。

今手に取ったのは業務用の洗剤で、ｐＨ（ペーハー）12以上とある。つまり、強塩基（強アルカリ）に分類される品だ。

そして、今、床に転がっているアルミ缶。どこにでもあるありふれた蓋つきのコーヒー缶だが、強アルカリとアルミニウムの性質を考えると、この場からの脱出に役立つ代物になりそうだ。

それは以前、大翔に家庭教師をしてもらっていたとき教えてもらったことだった。

アルミニウムは両性元素のひとつで、酸と塩基、どちらに反応しても水素が発生する。これは、高校の化学でも習った。

『強塩基をアルミ缶に入れれば、水素ガスが発生する。密封すれば、行き場を失ったガスが缶を破裂させることもあるんだ』

化学式を用いながら大翔から説明を受け、『だから、間違ってもアルカリ性の液体をアルミ缶に入れたらダメだよ』と、注意されたのだった。

しかし、目の前にある代物は、小松の隙をつくための武器として有効な気がした。

(本当はこんなことしちゃいけないけど……)

背に腹は代えられない。危険を冒す目的は、小松を害することではなく、あくまでもこの場からの脱出だ。小松のそばに缶を置くような真似さえしなければ、傷を負わせることはないだろう。

紗良は迷いを捨てると、アルミ缶の蓋を開けた。一応水道で缶を洗って水を切り、中に三分の一ほど洗剤を入れて蓋を閉じる。あまりなみなみと注ぐと、予想以上の威力を発揮する恐れがあるからだ。

（これで、あとは……）

アルミ缶をドアの陰に置いたときである。

「おい、いつまで入っているんだ！」

ドアノブを捻って鍵がかかっていることを知った小松が、数度ドアを蹴りつける。ビクリと肩を震わせた紗良は、ゆっくりと鍵を開いた。

「あまり大声を出さないでください」

本当は恐怖で竦みそうだったが、あえて毅然と答えた。とにかく今は、無事に大翔のもとへ帰ること。その想いだけが紗良を支えている。

小松は「さすが一之瀬の娘だ、可愛げがない」と吐き捨て、紗良にロビーのソファへ座るよう命じた。自分は対面に座ると、苛々とした様子で携帯の画面を見ている。

「おまえの父親と婚約者のせいで、俺の人生はめちゃくちゃだ」

吐き捨てるように告げられて、首を傾げる。父も大翔も立派な警察官だ。幼いころから彼らを見て育った紗良は、父も大翔も誇りに思っている。少なくとも、人を誘拐するような輩に貶められるいわれはない。

「父も大翔さんも、人様の人生を狂わせるような人たちではありません」

紗良の言葉に、小松が苦々しげに眉を吊り上げた。

「一之瀬も安積もキャリア組で、難なく階級を上げていった勝ち組だ。かたや俺は、上に媚び、少ない伝手を使ってようやくこの年で警視長まで上り詰めたんだ。それなのに、あいつらは……！」

激高した小松が目の前のテーブルに握りこぶしをたたきつける。大きな音に戦きつつも、じりじりと出入り口に近い位置へ移動する。

どれくらいの時間でアルミ缶が破裂するのか、そこまでは計算できない。だからこそ、一度きりのチャンスを逃すまいと神経を集中させる。その間にも、小松の恨み節は続いた。

「くそっ！　警視総監め、あっさり俺を切り捨てやがって……あいつのために俺がどれだけ尽くしてやったと思ってるんだ……！」

語っているうちに、どんどん小松の怒りが増幅していく。

小松の事情は紗良にはわからない。ただ、警視総監に裏切られたと思っていることや、芳辰と大翔に対する憎悪が感じられた。

（お父さんや大翔さんに恨みを晴らそうとして、わたしを誘拐したってこと？　でもそんなの逆恨みじゃない……！）

なんとも言えない憤りを覚えた紗良だが、それと同時に理解する。

今までも大翔は、身に覚えのない悪意に晒されたことがあっただろう。これから先も同じことがないとは言いきれないし、理不尽の刃は紗良に向けられる可能性もある。けれど、大翔が心配せずに済むようにもっと強くならなければいけない。彼に守られるだけではなく、支えられる女性になるために。

紗良が気持ちを改めたときだった。

化粧室から大きな破裂音が聞こえ、ロビーの空気が震えた。

「なんだ、今の音は……っ」

人気のない廃屋で突如響いた不自然な破裂音に驚くのは当然だった。

反射的に立ち上がった小松は、警戒しつつ音のしたほうへ歩いていく。紗良は男から目を離さないまま、じりじりと出入り口へ近づいた。

（……今だ！）

小松が化粧室のドアを開けた瞬間、外へ向かって一目散に駆け出した。

建物を出てすぐそばに小松の車が置いてあったが、鍵がかかっているため中には入れない。それに運転免許を持っていないため、車での移動は端から考えていない。

とにかくこの場から離れ、一刻も早く警察へ連絡しなければならない。紗良はその一心で、夕闇にまぎれる道路を駆けていた。

（ここに来るまでの間に、お店も公衆電話も見当たらなかった。でも、このまま逃げられれば何かしら見つかるはず！）

幼いころ病弱だったせいで、あまり運動は得意ではない。けれど今は、そんなことは言っていられないと、精いっぱい走り続ける。

（大翔さんに会いたい。無事だって早く伝えたい）

一本道のため迷うことはないが、その分追いかけてこられればすぐに見つかってしまう。この辺りには、車通りも民家もない。自分の足で人のいる場所まで行くためには、どれだけ時間をかければいいのか見当もつかなかった。

（弱気になってないで、とにかく走らないと）

息が切れて苦しかったが、必死に足を動かす。しかし無常にも、背後から聞こえてきたエンジン音とともに、ライトで前方の道が照らし出された。

「っ……！」

自分の影がアスファルトにくっきり映し出され、エンジン音が止まる。それでも振り返らずに走っていると、時を置かずして肩を掴まれた。

「まったく……油断も隙もない女だな。手間をかけさせるな。女の足でこの道を逃げられるはずがないだろう」

「はっ、離して……ください」

「おまえは一之瀬との大事な取引材料だ。おとなしく俺の言うとおりにしろ！」

怒声を浴びせられ足が竦む。せっかく逃げ出せたのに、捕まっては意味がない。けれど紗良は、せめてもの抵抗でその場にしゃがみ込んだ。

「くそっ、立て！」

「嫌……っ」

肩を掴まれ、強引に車のほうへ引きずられる。しかし、紗良も必死だった。小松の手を引っ掻き、足を踏ん張り、なんとかその場にとどまろうとする。とてもスマートな方法ではないが、ここでまたホテルに連れて行かれれば逃げ出す隙はなくなる。絶対にこの男の思いどおりになんてさせないと、懸命に耐えた。

小松に対する恐怖はあるが、大翔に会いたい一心でこの場に誰かが通りかかる幸運に賭ける。諦めずに粘っていれば、車の往来がある可能性はゼロではない。

「来い……！　痛い目に遭わされたいのか！」

「誰か……誰か助けて……ッ」

力いっぱい叫んだ声が、その場に響き渡った。そのときである。

それまで車一台すら通らなかった道路に、警察車両のサイレンが聞こえてきた。

「なっ……どうしてここに……」

動揺した小松の意識が紗良から逸れる。その隙に、力を振り絞って走り出した。

「待て……！」

我に返った小松が紗良を拘束しようとする。そこに、法定速度ギリギリで走ってきた車のライトが、ふたりの姿を照らし出した。

（あ……）

運転席から降りてきた男性のシルエットが、紗良の目に映し出される。逆光で顔は見えなかったが、確認しなくても誰なのかが本能的にわかった。

「大翔さん……！」

紗良が彼の名を呼ぶのと、大翔が地面を蹴ったのはほぼ同時だった。

距離を一気に詰めてきた大翔は、素早い動きで紗良の腕を引いて背後にかばうと、向かって来た小松の腕をかわし、その場に組み伏せた。暴れようとする男の腕を捻り上げ、その手を背中に押しつける。

「ぐっ！」

小松の呻き声が聞こえると、あとから続々と警察車両が到着した。私服、制服組の入り混じった警官たちに聞こえるような声で、大翔が言い放つ。

「犯人確保！」

駆けつけた警官が時刻と罪状を声高に告げると、小松の手首に手錠をかけた。数名の警官が小松を連行するのを見た紗良は、そこでようやく大きく息を吐き出す。

（助かったんだ……わたし……）

実感すると、それまで危ういところで保っていた緊張感が途切れそうになる。ふっと意識を失いかけたとき、大好きな人の声が耳朶を打った。

「紗良……！」

人目も気にせず大声で名を呼んだ大翔は、その手で強く紗良を掻き抱いた。

「怪我は？」

「大丈夫……です」

「無事で本当によかった……！」

噛みしめるように告げられて、胸がちくりと痛む。こんなに切迫している彼を見るのは初めてで、動揺しつつ彼の胸にしがみつく。

「心配かけてごめんなさい。でも、どこも怪我はしていないので平気です」

「紗良が謝る必要なんてない。怖い思いをさせてしまって悪かった」

「大翔さんのせいじゃないです。助けを呼んだときに駆けつけてくれたんだから、大翔さんはやっぱりわたしのヒーローです」

紗良の答えを聞いた大翔が、抱きしめている腕に力をこめる。それだけ紗良を案じていたことの証で、胸の奥がぎゅうっと締めつけられた。

大丈夫だと伝えたくて、彼の背に自分の腕を回す。今も昔も、ピンチに駆けつけてくれた大翔はヒーローだ。唯一過去と違うのは、お互いに想い合っていること。彼の愛情が自分に向けられていることだ。

「……ありがとう、紗良」

どこか照れくさそうに礼を告げられて、ようやく胸を撫で下ろす。

紗良は、帰るべき場所に戻ってこられたことに、心から安堵した。

――翌日から、ニュースはある事件一色になった。といっても紗良が拉致された一件ではく、現職国会議員・里中による贈収賄事件だ。里中が逮捕されたことにより、贈収賄に関わった人間が、警視庁捜査第二課の手で芋づる式に明らかになったのである。

小松の犯行は、議員が逮捕された陰でひっそりと報じられた。もともと機密漏えいの疑いで監察が動いていたため、懲戒処分が決定した。紗良を誘拐した件は報道機関には伏せられていたが、今後はそちらの罪でも立件されるという。

「紗良は、俺のせいで誘拐されたんだ」

事件からしばらく経ったある日。マンションのリビングで報道番組を見ていると、大翔は申し訳なさそうに頭を下げた。

「機密に関わることだから、詳しくは話せない。でも、紗良は俺の婚約者じゃなければ誘拐されることはなかったかもしれない。……犯人の小松は、俺を恨んでいたからね」

大翔は、紗良が誘拐されたことを本人以上に気に病んでいた。秀麗な顔に後悔を滲ませる彼に、それは違うと否定してみせる。

「わたしは、大翔さんの婚約者じゃなくても狙われていたはずです。だって犯人は、『おまえの父親と婚約者のせいで、俺の人生はめちゃくちゃだ』と言ってました。大翔さんだけじゃなく、父のことだって恨んでいたんですよね」

小松が芳辰と大翔に恨みを抱いていたのは確かだ。けれど、それは凶行に及ぶ理由にはならないし、そんなことがあってはいけない。

「だから、大翔さんには必要以上に責任を感じてほしくないです」

自分の気持ちをはっきり伝えると、大翔がふっと笑った。

「……紗良は強くなったね」

「もしそうだとしたら、大翔さんと一緒にいたいからですよ」

誘拐されたとき、大翔に会いたいと思う気持ちが紗良を支えていた。だからこそ、ふだんでは考えられないような大胆な行動をとり、ホテルからも逃げ出せたのだ。

「大翔さんは、わたしを見つけ出してくれました。ほかの捜査員に任せずに、自ら先頭を切って現場に向かったんだって、父から聞いてます」

「どうしてもきみを助け出したかったからね。……けど、迅速に保護できたのは紗良が頑張って小松に抵抗してくれたからだよ」

彼は、話をしながらほんの少しだけ困った顔をした。小松の意識を逸らし、逃げ出すために用いた手段が頭をよぎったのだろう。

この件について紗良は、大翔から「もう二度としないように」と念を押されている。もちろん二度とするつもりはないし、危険性は十分に理解している。

「……今回、自分が怖い思いをしたことよりも、大翔さんやお父さんたちに心配をかけたのが申し訳ないです」

幼いころの誘拐未遂事件があってから、過保護に育てられてきた。紗良が虚弱だったことも理由のひとつだろうが、祖父や父は、警察官として理不尽に恨みを買い、家族に危険が及ぶ可能性を恐れていたのだと今は身をもって実感した。

「紗良が責任を感じることはないよ。でもね、これだけは覚悟してほしい」

大翔は真面目な表情になると、いつくしむようなしぐさで紗良の頬に触れた。

「俺といることで、また同じような目に遭わないとは言いきれない。でも俺は、紗良とこの先の人生を歩んでいきたい。――俺のすべてを懸けて守るから、そばにいてくれる？」

「わたしこそ……お願いしたいです。そばにいさせてください」

一度は婚約を破棄しようとした。それが彼のためだと自分に言い聞かせた。けれど、今の紗良にその選択肢はない。大翔を愛し、支えていきたいと思っているから。

「何があっても平気なように、これからもっと心も身体も強くなります。だから……大翔さんの奥さんにしてください」

「……まいった。紗良からプロポーズされると思わなかったな」

紗良の言葉に、大翔は幸せそうに微笑んだ。

どちらからともなく近づくと、そっと口づけを交わす。

今回の事件は、奇しくもふたりの絆(きずな)を強める結果になったのだった。

エピローグ

一連の事件から半年経った、とある大安吉日の日。大翔はチャペルの祭壇の前で、花嫁の登場を待ちわびていた。

（ようやく、紗良を〝妻〟だと言えるのか）

大翔にとって、長くもどかしい半年だった。だが、婚約解消を告げられたときを思い起こせば、今日を迎えられたことは僥倖（ぎょうこう）と言える。

厳かなパイプオルガンが鳴り響き、ステンドグラスから光が注がれる中、ゆっくりとチャペルのドアが開いた。

芳辰に伴われ、紗良がバージンロードを進み始める。大翔はもうほかの何も目に入らず、自分に向かってくる彼女を凝視した。

（……綺麗、なんて言葉じゃ足りないな）

紗良のドレスはプリンセスラインで、スカート部分はボリュームをたっぷりとった作りになっている。清楚（せいそ）で可憐な彼女は、今は神々しさすら感じる美しさだ。

一方の大翔は、警察官礼服を身に纏っていた。祖母、そして誰よりも、紗良が強くそれを望んでいた。

挙式前に控室に会いに行くと、紗良は礼服姿の大翔を見て頬を赤らめていた。制服好きの彼女らしい反応を思い出し、笑みを湛えて紗良を見つめる。

胸の鼓動が高鳴るのを感じながら知らずと背筋を伸ばしたとき、芳辰から花嫁のエスコートを託される。

「頼んだぞ、安積くん」

「はい」

芳辰と短い言葉を交わすと、紗良が大翔の腕に手を添える。

「世界一綺麗だ……紗良」

「大翔さんも。世界で一番素敵です」

小声で話して微笑み合うと、牧師の誓いの言葉が始まった。

「――愛は寛容であり、愛は情け深い。また、人をねたみません。愛は自慢せず、高慢になりません」

コリント人への手紙、13章の一節を聞き、敬虔(けいけん)な気持ちで指輪交換の儀式を迎えた。

紗良の左手を取り、指輪を嵌める。一連の手順は頭に入っているはずなのに、胸に迫るものがある。どこか地に足がついていない心地で、大翔は彼女のヴェールを上げた。

（……紗良の可愛さは凶器だ）

幸せいっぱいの表情で自分を見上げてくる清廉な瞳に、思わず見入る。

この半年で、紗良はぐっと大人っぽくなった。以前は大翔と釣り合いが取れないと気にしていたようだが、今の彼女は誰から見ても立派な大人の女性だ。

「今夜は、覚悟しておくようにね」

紗良だけに聞こえる声で囁くと、意味を悟ったのか頬を赤らめている。

（この瞬間を目に焼きつけておこう）

大翔はこのうえない幸せを感じながら、誓いのキスをした。

＊

挙式、披露宴を無事に終えると、ようやくホテルのスイートへ移動した。

広々とした寝室で、紗良は胸を弾ませながら大翔の訪れを待つ。

彼は今、シャワーを浴びている。自分は先に済ませてバスローブ姿だ。けれどなんだか落ち着かなくて、部屋の中を行ったり来たりしていた。

いつもよりも意識してしまうのは、挙式の際に囁かれた言葉のせいだ。

警察官礼服を着た大翔の尋常じゃないかっこよさに、ただでさえドキドキしていた。そこへきて、初夜を匂わせる発言である。おかげで披露宴の最中は、ずっと彼の言葉が頭から離れなかった。

「お待たせ、紗良」

バスローブを羽織った大翔が部屋に入ってくる。濡れ髪と胸元の合わせからのぞく鎖骨が色っぽく、直視できない。

（もう何度も見ているはずなのに……）

目のやり場に困って視線を泳がせると、大翔がベッドに座った。となりに座るよう促されて腰かけると、そっと肩を抱き寄せられる。

「今日はお疲れさま。いい式だったね」

「はい……。父母も祖父も、由美ちゃんやバイト先の人たちも祝福してくれて嬉しかったです。大翔さんのお祖母様も喜んでくれてましたよね」

「うん。あの人は、俺たちの結婚を心待ちにしていたから」

結婚式でたくさんの人たちに祝福されたことを思い出し、自然と笑みが浮かぶ。

彼と結婚するまでにいろいろあった。婚約破棄を申し出たこと、自分に自身が持てずに悩んだこと、そして、想いが通じ合ったこと。

その時々は必死で、思い出すと苦笑するような行動もあった。けれど今は、すべての経験が必要だったと思える。

「……大翔さん、これからも末永くよろしくお願いします」

「それは俺の台詞だよ。紗良にいつまでも愛してもらえるように頑張るから、ずっと俺の奥さんでいてくれる？」

大翔の言葉を聞き、胸がいっぱいになって何も言えなくなった。目尻に涙を浮かべた紗良は、返事の代わりに自分から彼に口づける。

唇を触れ合わせるだけのキス。だが、気持ちを伝えるには充分だった。

「……俺、こんなに幸せでいいのかな」

今まで見た彼の表情で一番の笑顔を浮かべた大翔は、優しく紗良を押し倒した。バスローブの前をはだけさせ、ふ、と吐息を漏らす。

「ずいぶん煽情的な下着だね」

「これは、その……」

あまりにも凝視され、恥ずかしくなって語尾が弱くなる。

紗良が身に着けているのは、シースルーのブラとショーツだ。下着にはレースがあしらわれ、ガーターベルトとともにセットになっている。胸の先端や恥部はレースの柄で隠れているが、大翔の感想どおり煽情的である。

「俺のために着けてくれたの？」

「……し、初夜はこういう下着のほうがいいって、由美ちゃんからアドバイスを受けてこっそり選んでました」

本当はとても恥ずかしいが、大翔に喜んでもらいたくて購入した。落ち着かなかったのは、初夜を意識していたのもあるが、自ら着たセクシーな下着も影響している。

「可愛いよ。脱がせるのがもったいない」

「んっ……」

大翔はブラ越しに胸の先端を唇に咥え、少し強めに吸った。反射的にびくんと腰を撥ねさせると、下肢に手を這わせられ、ショーツを膝まで下げられる。

何度抱かれていても、こうして肌を晒すのは恥ずかしい。でも、それ以上に彼と肌を重ねる心地よさを知っているから、自分からも求めてしまう。

「大翔さん……わたしを奥さんにしてくれて、ありがとうございます」

胸の突起をしゃぶられた刺激で喘ぎながらも感謝を伝える。彼は顔を上げると、紗良と視線を合わせた。

「今夜の紗良は、俺の台詞を奪っていくね。けど、改めて言うよ。きみの夫にしてくれたことを感謝してる。婚約期間に大事にできなかった分、これから一生を懸けて紗良を愛し尽くすから」

「あっ……」

身体をふたつに折り曲げられて声を上げたと同時に、大翔は割れ目に舌を沈めた。花弁に分け入ってくる生温かい感触に、胎内が甘く痺れていく。

結婚式という節目の儀式を終えたことで、夫婦として新たな一歩を踏み出せる。周囲の祝福を受け、大翔と愛を伝え合える喜びで、紗良はこのうえなく幸せだった。

(なんだか、いつもよりも感じてる、かも……)

胸と恥部へ愛撫を施され、蜜部からはとろとろと愛液が流れてくる。どこに触れられても声を上げてしまい、身体が敏感になっていることを自覚して赤面してしまう。

「今夜はいっぱい感じさせてあげるよ。期待してて」

「わたしだけじゃなく、大翔さんも……」

「俺は、あとでたっぷり紗良の中を堪能するから」

警察官礼服を着ていたときの清廉さはなく、今の大翔はとても淫らだった。しぐさも表情も、いつもの彼よりも格段に色気が増している。

大翔の存在自体が媚薬のようだ。そんなことを思ったとき、彼の舌先が蜜孔に入り、媚壁に触れた。

「ん、ぁっ」

彼は舌を動かしながら、紗良の胸へ手を伸ばした。乳首を摘まれながら淫口を責められ、びくびくと総身が震える。

与えられる快感をどうにかしたくてシーツを掴む。そうしないと、はしたなく喘いでねだってしまう。早く挿れてほしい、と。

　彼に乳首を押し潰されると、刺激に連動して膣口がひくつく。すると、今度は蜜孔から引き抜いた舌で花蕾を舐められた。

「そこ……やっ……あンンッ」

　つま先から頭の先まで電気が流れたような衝撃に身悶える。肌は火照ってじわじわと熱が上がり、栓を失った淫孔からは愛汁がとめどなく溢れて止まらない。

（そんなにされたら、わたし……っ）

　すぐにでも達してしまいそうな感覚がして、無意識に腰が揺れる。身体の奥に溜まった快楽がせり上がり、今にも噴出しそうだった。

　尿意に似た何かが下腹部を刺激する。粗相をしてしまいそうで、思いきり腹に力をこめて快感に耐えたが、それも長くは続かなかった。

「大翔さ、んっ……きちゃう……ッ」

　敏感な突起をぬるぬると舐められ、唇で吸引されたらひとたまりもない。迫りくる絶頂感に抗えず限界を告げるも、彼は攻め手を緩めるどころか軽く花芽を嚙んだ。

　その瞬間、紗良の視界はぐらぐらと歪み、強い快感を覚えた体内が蠕動する。

「あ、あぁあ……ッ」

　大量の蜜液を噴き出し、紗良は達した。体中が熱く、蜜口からはとろとろと淫汁がこぼれてシーツを濡らしている。

「気持ちよかった?」

顔を上げた大翔は微笑むと、自身の唇を舌で舐めた。しかし紗良は、問いかけに答える余裕がない。ただ、目の前の夫となった人に見惚れるだけだ。

彼は紗良の状態を正しく理解し、そっと頬を撫でてくれた。安心できるぬくもりに微笑むと、大翔の喉ぼとけが上下する。

「俺は、これからどれだけ紗良に惹かれればいいんだろうね」

「え……」

「〝好き〟って気持ちが、毎日更新されてる。もう一生離れられない」

ごく自然に告げられて、目の奥が潤んでくる。この喜びを表す言葉が見つからず、涙を浮かべて彼を見上げる。

大翔は自身が身に着けていたバスローブと下着を脱ぎ捨て、床へ抛った。反り返った自身をもどかしげに淫口に押し当て、切なげな吐息を漏らす。

「……今夜はこのままで紗良を感じたい。いい?」

「いい、です。わたしも……そうして、ほしいから」

掠れた声で答えると、彼はどこか余裕がなさそうに腰に力をこめる。肉槍の先端が膣口を押し拡げていく感触にぞくぞくしたとき、大翔は最奥まで自身を突き入れてきた。

「あ……んっ、ぁあっ」

絶頂を迎えたばかりの体内が、ぐちゅりと卑猥な音を立てて、剝き出しの雄茎を呑み込む。これ以上ないくらい硬く膨張した肉棒に熟れた粘膜を摩擦され、身体が喜悦に塗れていく。

挿入されただけで、ふたたび達してしまいそうだ。胎内が小刻みに震え、呼吸をするにも感じてしまう。

かすむ視界で大翔を捉えると、彼もまたひどく感じ入っていた。

「このまま動かなくてもいいくらい気持ちいいよ……紗良」

「んっ……」

中にいる肉塊の脈動を拾い、媚肉がぴくぴくと痙攣する。大翔は紗良の様子を見下ろしながら、胸の突起を指の腹でこね回した。

「あんっ……今、は……ぁっ」

「感じすぎる？　中がきゅうって締まってるね」

大翔の言葉は事実で、それがよけいに恥ずかしい。「いじわる」と小さく呟くと、彼は紗良の膝裏を押さえつけてきた。

「俺が意地悪なのは、きみが可愛すぎるからだよ。――動くよ」

「待っ……んぁっ……！」

脳髄に響くような重い突き上げに、紗良は一瞬意識を失いかけた。必死に彼にしがみついていると、自分の中が大翔で満たされているのを感じて身震いする。

とてつもない多幸感に陶然とし、自然と眦に涙が浮かぶ。それに気づいた大翔は、紗良の涙を拭ってくれた。

「愛してるよ、紗良」

「わたしも……」

紗良の語尾は、大翔の唇に奪われた。胸が潰れるほど隙間なく抱き合い、互いに愛を伝えると、胸いっぱいに幸せな気持ちが広がった。

大翔はキスをしたまま、腰を動かし始めた。口内を熱い舌でかき混ぜられ、蜜窟を雄棒で余すところなく擦り立てられる。生身の粘膜の触れ合いは、いつもよりもダイレクトに彼の熱を紗良に伝える。

「ンッ、ぅっ……んんっ」

唾液を飲み込んでくぐもった声を漏らすと、唇を離した彼が体勢を変えた。つながりを解かないまま紗良の身体を反転させ、背中にのしかかってくる。

「あんっ！」

「こうすれば、紗良の胸も可愛がれるよ」

大翔は胸のふくらみに指を食い込ませ、腰をぐいぐい押し込んでくる。全身にくまなく与えられる快感は強すぎて、意識を保っているのも難しい。

「大翔、さ……ぁんっ、お腹の中、いっぱい、で……苦し……」

「もう少し頑張って、ね？　夜はまだ長いんだから」

つながりから漏れ聞こえるぬぷっ、じゅぷっ、という淫猥な音が、だんだん大きくなってくる。間断なく腰を打ちつけられ、肉棒を咥えた蜜襞が悲鳴を上げた。

（また……きちゃう……！）

くりくりと乳首を転がしつつ媚肉を抉られ、快楽の高みへと上り詰めていく。全身が総毛立ち、呼吸すらままならないほど大きな愉悦の波に攫われる。

「い、く……いっちゃ……っ」

「いっていいよ、紗良。何度だって、いかせてあげる」

大翔の声が契機となり、紗良はふたたび絶頂感に身を委ねる。胎の奥が煮え滾り、彼との境目がわからなくなるほど身体が溶けるのを感じながら、喉を振り絞った。

「ア、アッ……ふ、っ、ぁあぁ……ッ」

淫窟が激しく収斂し、肌から汗が噴き出てきた。力なく上半身をシーツに沈ませると、まだ収まりのつかない彼の腰使いが苛烈になる。

「紗良……っ」

彼に名を呼ばれ、何度も腰をたたきつけられると、肉槍の体積が増えた。それと同時に、びゅくびゅくと熱い飛沫(しぶき)が最奥へ注がれる。

「っ、く……！」

色っぽく呻く彼の声に首を振り向かせると、眉根を寄せて吐精している大翔を目の当たりにした。

彼は紗良の胎内にすべてを吐き出すと、ずるりと雄茎を引き抜いた。そして、紗良の身体を正面に向かせ、抱きしめてくれる。

「……俺を受け止めてくれてありがとう、紗良」

低く掠れた声で感謝を告げられ、紗良は微笑む。

「わたし……幸せ、です」

「……ん、俺も」

答えた大翔は、「少し休んでからまた抱くから」と宣言し、紗良に口づける。

自分の身体で彼が欲情してくれるのも、こうして夢中で愛してくれることも、ほんの数年前には予想できなかった。

愛する人の腕に抱かれた紗良は、この幸福だけは手放さないと心に決め、彼のぬくもりを噛みしめていた。

あとがき

はじめまして、もしくは、お久しぶりです。御厨翠です。

このたびは、『策士な許嫁に囲い込まれました』をお手に取ってくださりありがとうございました。

ヴァニラ文庫ミエル様の刊行作は、本作で五作目です。年下上司、極道、敏腕ＣＥＯ、エリート官僚と、いろいろなヒーローを書いてきましたが、今回はエリート警視正――警察官のヒーローになります。

本作の執筆にあたり参考文献を読みましたが、作中でも仕事をしているヒーローの格好よさが出ていることを願っております。

執筆中、私事でいろいろな出来事が重なり、担当様や版元様、そして、イラストをご担当くださった芦原モカ先生に大変ご迷惑をおかけしました。この場を借りてお詫び申し上げます。皆様のご尽力により、作品を書き上げることができました。

そして、いつも作品を読んでくださる皆様、ＳＮＳやお手紙でご感想を下さる皆様、本当にありがとうございます。

皆様の健康とご多幸を心よりお祈りいたしております。

令和三年・五月刊　御厨翠

極道婚♥

コワモテ若頭は新妻をめちゃめちゃ愛したい

御厨 翠
Illust 無味子

極道の旦那サマ、結婚してから嫁が可愛すぎて暴走中♥

「俺の嫁だ。丁重に扱え!」極道の娘でお嬢育ちの梨々花が、敵対する組の若頭・陣と政略結婚することに! コワモテで非道とウワサされていた陣だけど、梨々花にめちゃ甘で初夜から蕩かされちゃうなんて…♥ いつでも梨々花を最優先&過保護な若頭は新妻を可愛がりすぎ!? 陣のため、若頭の妻として奮闘しようとするも、両組の確執が再燃し…?

妻にデレデレ♥エリート旦那様

「付き合うのなら遠慮なく手を出しますよ?」政治家の父が選んだ見合い相手・エリート官僚の大和さんとお試しでお付き合いすることに♥ちょっといじわるなエッチにドキドキしたけど、デートのたびに濃厚な愛撫で甘く愛されちゃって…。大和さんと気持ちは通じ合っていくのに、父の思惑が絡んだ結婚は簡単に幸せになれるわけがなくて——!?

オトナのためのイマドキ・ラブロマンス♥

元カレCEOと子づくり婚!?

玉紀 直
NAO TAMAKI
Illust: 炎かりよ

想定外の愛され同棲♥

デキるまで、
毎日、何回も、しよう♥

「俺の子どもを産んでくれ」元カレが突然私と子づくりしたいって言ってきた!?　ある条件と引き換えにOKしたのは、本当は彼のことがまだ好きだったから。甘く優しい愛撫を繰り返される毎日で、とろとろの蜜月同棲♡　彼も私に気持ちがあるって錯覚してしまいそう…。だけど、CEOである彼にはやっぱり私よりもふさわしい女性がいて——!?

原稿大募集

ヴァニラ文庫では乙女のための官能ロマンス小説を募集しております。
優秀な作品は当社より文庫として刊行いたします。
また、将来性のある方には編集者が担当につき、個別に指導いたします。

◆募集作品

男女の性描写のあるオリジナルロマンス小説（二次創作は不可）。
商業未発表であれば、同人誌・Web上で発表済みの作品でも応募可能です。

◆応募資格

年齢性別プロアマ問いません。

◆応募要項

・パソコンもしくはワープロ機器を使用した原稿に限ります。
・原稿はA4判の用紙を横にして、縦書きで40字×34行で110枚~130枚。
・用紙の1枚目に以下の項目を記入してください。
①作品名（ふりがな）/②作家名（ふりがな）/③本名（ふりがな）/
④年齢職業/⑤連絡先（郵便番号・住所・電話番号）/⑥メールアドレス/
⑦略歴（他紙応募歴等）/⑧サイトURL（なければ省略）
・用紙の2枚目に800字程度のあらすじを付けてください。
・プリントアウトした作品原稿には必ず通し番号を入れ、右上をクリップなどで綴じてください。

注意事項
・お送りいただいた原稿は返却いたしません。あらかじめご了承ください。
・応募方法は必ず印刷されたものをお送りください。CD-Rなどのデータのみの応募はお断りいたします。
・採用された方のみ担当者よりご連絡いたします。選考経過・審査結果についてのお問い合わせには応じられませんのでご了承ください。

◆応募先

〒100-0004　東京都千代田区大手町1-5-1　大手町ファーストスクエアイーストタワー
株式会社ハーパーコリンズ・ジャパン　「ヴァニラ文庫作品募集」係

策士な許嫁に囲い込まれました

Vanilla文庫 Miel

2021年5月20日　第1刷発行　　定価はカバーに表示してあります

著　者　御厨 翠　©SUI MIKURIYA 2021
装　画　芦原モカ
発行人　鈴木幸辰
発行所　株式会社ハーパーコリンズ・ジャパン
東京都千代田区大手町1-5-1
電話　03-6269-2883（営業）
0570-008091（読者サービス係）

印刷・製本　中央精版印刷株式会社

Printed in Japan ©K.K.HarperCollins Japan 2021 ISBN978-4-596-41684-1